紫丁香冷的街道

リラ冷えの街

渡边淳一 著

赵宜民 译

青岛出版社
QINGDAO PUBLISHING HOUSE

目录

一 / 001

二 / 013

三 / 021

四 / 028

五 / 047

六 / 056

七 / 066

八 / 076

九 / 082

十 / 087

十一 / 099

十二 / 121

十三 / 130

十四 / 138

十五 / 148

十六 / 163

十七 / 168

十八 / 178

十九 / 192

二十 / 204

二十一 / 216

二十二 / 219

二十三 / 237

二十四 / 244

二十五 / 248

二十六 / 258

一

  有津京介到达羽田机场时已经晚上七点了。从高速公路上望去,四月中旬的东京,大街小巷都笼罩在暮色之中,而机场的大楼里依然灯火通明,仿佛是另外一个世界。
  进入国内航线的候机大厅,有津径直朝登机接待处走去。悬挂在正前方的告示牌上显示"飞往札幌的515航班十九点十分起飞"。这班飞机的座位模拟图上的大部分座位号都被翻了过去,只剩五六个座位了。
  "请问您想要哪个座位?"
  位于机舱后三分之一的地方还有两个靠在一起的座位。
  "我要那里靠过道的那个。"
  "这个可以吗?"
  临起飞前才来,他也没有心情去选位置,只是因为身高腿长,想尽可能选个靠过道的。他接过机票正要离开接待处,只听广播里说:"因札幌地区天气状况不良,十九点十分飞往札幌的515航班推迟二十分钟,改为十九点三十分起飞,预计十九点二十分带您登机。让各位着急,非常抱歉,请再稍候。"
  候机大厅里到处都是人。有的在看大厅中央的钟,有的眼神里带着担心,有的在小声交谈。看来他们都是乘坐515航班去札幌的旅客。
  有津粗略地巡视了一下大厅,没有一个认识的人。有津京介十二年前毕业于北海道大学农学系,学的是植物病理专业,但多年来他一直在专心进行泥炭的研究。他大学一毕业就进了研究生院,三年前升为副教授,由于擅长植物分类,目前专职在大学植物园上班。因为要负责学会相关事宜、与文部省的商谈、综合开发计划等事情,他每年都要来东京四五次。这才刚四月中旬,他已经来东京三次了。

有津只随身带了一个小型的黑色旅行包。候机大厅的座椅上坐满了等待登机的人。看样子不仅是札幌地区,飞往其他地区的航班似乎也推迟了起飞时间。

为了打发时间,有津朝机场商店走去。他一边看着橱窗里的商品,一边想着在札幌等他的妻子和女儿。由于差不多每两个月就来一次东京,所以用不着特意买什么礼物带回去,就算今天带礼物回去,到札幌时也十点多了,那时,女儿久美子已经睡了。再说,妻子也习惯了他不带礼物回家。于是他离开商店,返回候机大厅,途中他拿了份晚报,往报摊上放了十元硬币,正要离开时,广播再次响了起来。

"等待飞往札幌的515航班的乘客,细野和美女士、平山纪夫先生、宗宫佐衣子女士,请到日本航空接待处。"

有津顿时停住了脚步。广播重复了一次刚才的内容后,便停止了播报。

"宗宫佐衣子。"有津重复着刚才广播里出现的最后一个名字。

他停下脚步,自言自语地说了这么一句,就急忙朝候机大厅走去。

有津来到离他最近的一个大厅石柱旁边,从那里能够看清接待处的情况。他看见一个女人正朝办理登机手续的接待处走去。女人身材瘦小,身穿藏青色的结城丝绸和服,扎着有手绘图案的捻线绸腰带,右手拎着一个白色旅行包。如果那个女人是刚才广播里提到的人,那她肯定就是宗宫佐衣子。

有津靠在石柱上,盯着女人的举动。那个女人在接待处说着什么。过了一会儿,接待处的空姐点了点头,拿出一张红色的机票递给了她。

果然是宗宫佐衣子!有津兴奋得差点跳起来。

女人转过身来,她二十七八岁的样子,瓜子脸上透着沉着和冷静,一双凤眼好像在微笑。

女人从有津站的石柱旁走过,站到可以看夜景的玻璃墙边。她在那里再次确认了一下刚才拿到的机票,然后把它装进提包,接着又看了看左腕上的手表。她的脸从侧面看起来很漂亮。

那就是宗宫佐衣子吗?

有津再次仔细观察起十米外的这位女性。

广播里第一次播报这个名字时,由于突然,他没有注意听,因此有可能听错,但第二次他是专门仔细听的,广播里的确播报的是"宗宫佐衣子"。他对第二次播报的名字是有把握的。

女人把旅行包放在脚边,微微缩着身子站在那里,似乎在思考着什么。也许是藏青色和服衬托的缘故,她的脸色看上去有些苍白。

有津又疑惑起来,宗宫佐衣子……真的是她吗?

同名同姓的人有许多,但"宗宫"这个姓并不多,"佐衣子"这个名字也不多。暂且不说字面上相同,仅从读音上说,也很难得有其他人叫"MUNEMIYASAIKO"("宗宫佐衣子"的日语读音)的。

迄今为止,虽然自己不曾忘记这个名字,但也没从别人那里听到过,至少在札幌没有。如今,叫这个名字的人近在咫尺。向她打招呼,她就能听得到,这让有津难以置信。但是,不管怎么说,这个叫宗宫佐衣子的女人一会儿将和自己乘同一架飞机去札幌是确定无疑的。

慌什么!

有津按捺住兴奋的心情,一直看着这位在欣赏夜景的女人。

回想起来,已经过去十年了。

这十年来,有津从未忘记"宗宫佐衣子"这个名字。如果是普通的朋友,随着岁月流逝,相关的记忆会逐步模糊,而"宗宫佐衣子"这个名字却时常会清晰地在他脑海里浮现。

和妻子第一次接吻时也好,第一次发生性关系时也好,或者偶尔出轨与别的女人交欢时也好,他都会想起宗宫佐衣子。

当高潮将近,快要坚持不住时,宗宫佐衣子那张因极度愉悦而看似痛苦的白嫩的脸就会从有津的脑海里掠过。当快感过后,那难以抑制的欲望消失得踪影皆无而顿感索然无味时,佐衣子的面容就模糊起来,无论有津如何想,也想不起那张面孔。

还是露崎说得对,根本就不该问那个名字。

平静下来的有津每次都有些后悔。只要不问那个名字,就不会老是被那个名字牵着想个没完。

但说起来,这其实是个奇妙的错觉。因为迄今为止,有津既没有见过宗宫佐衣子,也没有和她说过话,连这个名字也只是从别人那里听到过一次。

那是有津京介在研究生院读书时的事了,当时他二十四岁。

因为他在高中时踢过足球,所以大学一开学他就加入了校足球队,队长是经济系四年级一个叫落合的学生。不过,训练时其他高年级的同学也经常来。

露崎政明比有津高五级,从医学系毕业三年后当上了医生。他学的是妇科专业,因为在大学的医院里工作,所以有空时也会到球场看足球队训练。

那是秋季的一天。那天从早晨就开始下雨,队里没有训练。傍晚时,有津在宿舍里和四五个同学闲聊。这时,露崎突然来了。他一进来先巡视了一遍屋里的人。足球队的队员们跟他打招呼,他只是微微点点头,接着一言不发地抽起烟来。队员们弄不清他的来意,就又闲聊起来。

露崎抽完第二支烟后,像是瞅好了时机似的问几个人:"怎么样?你们想不想打工挣钱?"

"学长,是什么工作?"

几个人反正闲着没事做,便纷纷围到了露崎身边。

"和一般的工作不太一样。"露崎看了看每个队员的脸,"希望你们不要告诉其他人。"

"保证不告诉其他人。什么工作?"

露崎卖关子的态度让几个年轻人更感兴趣了。

"是这么回事……"露崎把脸凑到大家面前,压低声音说,"想要你们的精液。"

他对面的竹冈吃惊地喊道:"精液?"

露崎答:"对。精液。是精液。"

他依次看了看每个人的脸。五个人立刻羞得满脸通红,面面相觑,好像很难为情。

"这算不得什么,不是很简单嘛。"话一说出口,剩下的事就好办了。露崎开始欣赏起因不知所措而一言不发的五个人的表情来。

"怎么样,竹冈?"

"啊?"

刚才还比谁都吃惊狂叫的竹冈,这会儿乖乖地垂着头,一言不发。

"请你们把它装进试管里,一毫升七百元,怎么样?"

几个学生像是中了毒气似的两眼发愣。

露崎眼带笑意地说:"三毫升就是两千元。怎么样,有津?"被叫到名字的有津不禁浑身一抖。

"怎么了!怎么回事?"

露崎的嗓门儿越高,有津他们越是缩作一团。

露崎又点上一支烟:"这不是不错的工作吗?"

竹冈声音嘶哑地勉强问道:"用作什么?"

"用于人工授精。有的太太因为丈夫没有精子而怀不上孕,很发愁,她们可都是美人。"

五个人像是被打了麻药似的,眼神迷茫地看着露崎。

"怎么样?干不干?"

有津知道露崎又一次把视线投向了他。他想尽可能拒绝。他觉得,大白天的,把自己的精液装进试管交给别人,太难为情了。他拿定主意,如果有谁说不干,他也跟着说不干。

自己没有缺钱缺到要做那种事情的地步。

他正这样想着,露崎说话了:

"对了!有津!你是男人吗?"

"嗯,是!"

"那就是做了?"

"做。"

有津也不清楚自己为什么要那么回答。事后他回想,觉得那是一时的气氛造成的,也许是因为被问到是不是男人时没了退路。他原本打算拒绝的,可当他回过神儿来,却发现结果是相反的。竹冈和吉村也都像是足球训练时挨了学长的训斥似的,很爽快地就答应了。

"好!就你们三个了。跟我来!"

露崎站起身来,那样子似乎在说定下来就马上做。

竹冈带着哭腔问道:"这个……马上就要吗?"

"对!你不方便吗?"

"不,也没……"

"那不就行了嘛。"

三个人像被拉到屠宰场去的猪似的,畏畏缩缩地跟在露崎身后往外走。在走廊里拐了几个弯后,三个人在挂有"妇科第三研究室"木牌的房间门口停了下来。房间中周围的架子上堆放着陈旧的病历、装有X光片的袋子等,架子旁则摆放着装有各种各样器官标本的瓶子。从打开的门缝朝里望去,只见里面摆满了看起来很复杂的试验器具和化学药品。三人默默地等着露崎从屋里出来。

现在拒绝还来得及吗?

有津一边等露崎一边考虑如何逃跑。

这时,三人面前的门打开了。露崎从里面走出来:"就是他们三个。"

他身后站着一个身穿皱巴巴的白大褂的高个儿男子。

男子看了看三个人,点点头说:"嗯,还可以吧。"

那眼神就好像在评价一个试验用的动物一样。

有津不禁倒退了几步。当他终于明白自己成了试验用的动物后,顿时觉得自己很可怜。

"去把那东西弄到这里面。为了不使精液干燥,瓶子里放了生理盐水。"

露崎把三个瓶子分别递给他们。

"洗手间在前面走廊的拐角处,这儿也有一个。你们需要几分钟才能弄出来?"

"……"

三人低着头一言不发。

"年轻人,很快就会搞好吧?"穿白大褂的男人说罢,面无表情地消失在门后。

露崎进一步安慰他们:"我在这儿等你们。弄出来后就拿来给我。"

三人默默无言地拿着试管朝洗手间走去。

有津去了楼上的卫生间,毕竟,大家如果在同一个洗手间里是弄不出来的。

关上门,插上插销后,他看了看四周,弄不清是怎么回事儿。周围的墙上到处都是女人的裸体画或女人身体某一部位的画,也许是住院患者闲得无聊画的,一半左右的画有被清除过的痕迹。他看了一会儿墙壁上的画,终于想起把裤子上的纽扣解开。他本想蹲下来,但最终还是决定靠墙站着弄。

不知道他们要花几分钟。

不知道为什么,他觉得快了和慢了都很可笑。

总之,先把它弄出来再说。

他紧闭着眼,憋着气,全身发热。

接受你们精子的太太可都是美人……

他想起了露崎说的话。有津就以露崎的话为线索,在脑海里描绘着女人白嫩的肌肤。他闭着眼,一口气把精液弄了出来。

"啊!"他低声呻吟着,急忙对准冰凉的瓶子口。他觉得眼前出现了焰火,一张皱着眉头的、白白的女人的脸从他脑海里一闪而过。

有津做这个奇怪工作的时间其实不足十分钟,做完后一种虚脱和眩晕似的空虚感突然向他袭来。

他靠着墙站了一会儿,接着看了看左手里的试管。沾在瓶壁上的精液在慢慢向下流,先流下去的已经和生理盐水融合,后面拖着一个白色的尾巴。

大概有一亿个精子吧?

他读过有关性的杂志,模模糊糊地记得一毫升精液中的精子数量。

当有津回到研究室时,竹冈和吉村已经在那里了。他们的脸色看上去都有些苍白。

"辛苦了,这是酬劳。"

露崎当场交给三人一人一个白色信封。他们好像并没有确认精液量,所以说酬金一开始就定好了。

三人没有回足球队宿舍,从医院出来就分开了。剩自己一个人后,有津打开了信封,发现里面装着两千元。他扔掉了信封,心想:这钱是那个所谓的漂亮太太出的吗?

后来露崎多次来过他们的房间和足球场,有时还单独和有津在一起。但双方都像忘记了那件事似的,谁也没提起过,提供精液的三个人之间也从不提那件事。

不足十分钟的一个简单的作业就得到两千元。然而,有津并没有赚了钱的感觉,也没心情在朋友面前炫耀。即便他们口头上说得很露骨,其实都还是对性知之甚少的纯真青年,这让他们对谈论那件事情持否定的态度。那件事渐渐成了他们的禁忌。但对于有津来说,那件事越是禁忌,他的心理压力就越大,越难以忘记。

足球队的年终总结会一般在十二月初举行,因为如果到了快过年的时候再举行年终总结会,学生们有的回家,有的外出打工,很难聚到一起。

那年的年终总结会是在学校南边、离正门五百米的烤鸡店举行的。

十一月底下的一场雪融化了,路面上到处是泥。算上来鼓励球队的学长,来参加年终总结会的有将近三十人。当然,露崎也来了。总结会上先是每人致辞,接着是互相敬酒,再就是每个人轮流进行即兴表演。这几步结束后场面就乱了起来。

酒宴结束后,大家三三两两地聚在一起闲聊。有津想找露崎。由一大一小两个房间合成的一个大房间里充满了香烟的烟雾。露崎坐在靠里边的位子上,正和足球队队长落合交谈。说的一方是落合,露崎只是听着,还时不时地点头微笑,看样子他们不像是在谈什么复杂的话题。有津拿着酒壶来到露崎面前,举起酒壶说:"学长请!"

"哦,你干它一杯!"

"学长先请。"

有津给露崎倒了杯酒,露崎也给他倒了一杯。有津点上一支烟吸了起来。

见有津来了,落合趁机站起身来说:"那么,那件事就拜托了。"

看来他们谈的不是什么要紧的事情。

"我有话想和学长说。"

"什么事?"

露崎把脸凑了过来。

"学长请往这里坐。"

有津把露崎拉到一个没人的角落,又从别的地方找来两壶酒。

露崎问正在给他斟酒的有津:"什么事?"

"就是上次打工的事。"

"打工?"

"就是那个……精液。"

露崎面带不屑一顾的表情说:"哦,那件事。"

"那件事后来怎么样了?"

有津一口干掉了杯中的酒。他已经尝不出酒味道的好坏了。

"那件事成功了没有?"

"你是想知道对方怀孕了没有吧?"

"这个……是的。"

有津两手放在膝盖上,规规矩矩地等着露崎的回答。他明明在询问结果,但又害怕听到结果。

"着床了。"

"着床?"

"就是怀孕了。"

"真的?"

有津不由得紧张起来。虽然不是什么出乎意料的事情,但一听说对方真的怀孕了,他心里又不踏实起来。

这可能吗?

有津还是有点不太相信。

"是真的吗?"

"这还用说?人家可是花了大价钱来怀孩子的。"

有津过去从未和其他姑娘或哪家太太有过性接触,只提心吊胆地跟着朋友去过卖淫女那里两次。也许是胆怯的缘故,他并没有得到自己期待的那种快感。

"没有搞错吧?"

不知为什么,有津不相信自己的精液能够让女人怀孕。用那种方法弄出来的东西能让一个女人怀孕,这让他难以接受。

应该是有了爱之后,通过肉体和精神上的结合才能够生孩子的。

有津认为应该是这样才对。

"怎么了?"

"哦……"他呼吸急促,像是发火似的问露崎,"没什么问题吧?"

"眼下没什么问题。"

"那到了明年就……"

"就那个了。"

有津在露崎面前低垂着脑袋,仿佛吃了红牌一样。

"你不必太在意。"

"是。"

有津嘴里这么说,但心里觉得好像对那个漂亮的夫人做了一件非常残酷的事情。让自己这样一个经常手淫、很不检点的男人的精液接触那个太太白嫩的肌肤,他总觉得这是对那个太太莫大的亵渎。

做了件坏事。

对那个女性的向往和对自己做那件事的后悔,两种感觉在他脑海里交织着,挥散不去。

"你想跟我说的就是这件事?"

露崎对有津的这种认真似乎感到迷惑不解。

"这个……我还有句话。"有津像是缠着露崎似的说,"那个女的叫……"

"你是说那个女人的名字吗?"

"是。"

"名字是不能说的。因为人工授精纯粹是医学上的事情,不允许掺杂私人感情,所以都是把三个人的精液混合在一起,以便分不清是哪个人的精子授的精。如果接受者和提供精液者知道了对方的名字,将会产生许多麻烦。"

"这么说,当时把三个人的精液混合在一起了?"

"没错。"

有津既感到安慰,又觉得扫兴。

"因为一旦知道了对方的名字,感情上就会发生微妙的变化。"

"不,我不是那种……"

虽说自己是精子提供人,但并不是要对那个女人做什么,只是想在心里向叫那个名字的人道歉,但又很难把这种心情准确地表达出来。

"我绝对没有什么恶意,只是觉得哪怕只知道对方的名字,心里也会踏实些。"

"你说的都是歪理。"

"我不会做什么坏事的。求你了。我只想知道她的名字。"

说话间,有津产生了一种错觉,觉得那个女人像是自己的恋人。

"不能说的,这是规定。"

"求学长了。就是知道了她的名字,我也只会把它埋藏在心底的。"

越是不行,有津就越想问。

"求您了。我给您磕头了。"

有津自己也不清楚为什么如此想知道那个女人的名字。也许是想搞清楚自己的精液究竟去了哪里,大概是受男人本能的驱使吧。

"求您了。"

"你这家伙真叫人头疼。"

露崎想到学弟两手放在榻榻米上给他磕头的情景,那样子可不太好看。

"好吧,我明白了。你不要告诉别人。"

"是。"

"你发誓,只是问那个女人的名字。你不许找那个女人或对她产生兴趣。"

"我发誓。"

有津心里一点杂念都没有。他感到这是两个男人之间的承诺。露崎停了一下说:

"我记得她叫 MUNEMIYASAIKO。"

"MUNEMIYASAIKO?"有津小声重复了一遍。

"可以了吧?"

"MUNEMIYA……这个字怎么写啊?"

"哦,我想是宗教的宗和宫殿的宫。SAI 写作佐渡的佐和衣服的衣。"

"谢谢!我不告诉任何人。"

"你当然不能告诉任何人。你要是胡说八道,我就完了。"

说罢,露崎像逃跑似的起身离去。

二

广播里传来播音员的声音。

"让各位旅客久等了。飞往札幌的515航班,现在带您从二号登机口登机。"

有津从十年前的回忆中回过神儿来,拿起旅行包。等着登机的人们纷纷开始朝二号登机口移动。宗宫佐衣子在有津的斜前方。她挎着包的右肩微微下垂,脖子前倾,从和服的领口处可以看见她细细的发际。有津与她保持着两三米的距离,跟在后面。女人在登机口停下来,把右手的包换到左手,用右手出示机票,拿着旅行包和提包的左手很自然地垂着。她沿着登机通道朝前走去。云在夜空中飘动,飞机张开尾翼,等待着起飞。

佐衣子朝后面的登机口走去,有津的座位也在机舱后部,那里有旋梯。有津跟着佐衣子一阶阶地往上走,可以看到她白白的脚腕。

有津的机票上写着"24-C"。他边走边查看两侧座位的号码。佐衣子在他前面走,中间隔着两个人。走到机舱后三分之一的地方时,她停了下来,接着微微点着头坐了下去。有津像个少年似的,心狂跳不止——佐衣子就坐在自己旁边。

"她和我并排坐。"

有津差点就叫出声来。办理登机手续时,有两个并排的空位,原来佐衣子要了其中的另一个座位。

难道是上天的安排？

有津突然有一种奇妙的感觉。

机舱里很快就坐满了旅客。有津正要坐下，先他一步入座的佐衣子回过头来。有津急忙低下头跟她打招呼，佐衣子一脸狐疑地点头回礼。

里边靠窗的位置上坐着一个年轻姑娘，看样子像是大学生。有津放下包，坐下后不由自主地坐直了身子。

机舱里提示系安全带的灯亮了起来。空姐在介绍氧气罩的用法，经常旅行的人基本不听空姐的讲解，讲解的那方好像也只是为履行职责而已。有津侧眼看了看佐衣子。她在看窗外，额头附近的头发别在耳朵后面，耳朵的形状很好看，可能是光线的原因，她的耳朵看上去白白的，透着亮。

飞机进入主跑道，调整好方向，开始滑行，机身稍微震动了一下就飞了起来，整个机身开始倾斜。有津知道这是飞机在快速爬升。佐衣子仍在往窗外看。标示飞机跑道的红绿灯一眨眼的工夫就消失了。飞机进入低空的云层，提示系安全带的灯熄灭了，广播里通知乘客可以吸烟了。佐衣子低下头来不再看窗外。有津解安全带时，胳膊碰到了佐衣子的肘部。

过了一会儿，空姐过来分发报纸。女大学生和有津都接过了报纸，而佐衣子却没接。打开报纸，有津才想起在候机大厅里已经买了一份同样的晚报。

要沉着。

他像告诫自己似的看起报纸来，但心里怎么也平静不下来。自己想象了十年的女人就坐在身旁。这个女人真的是那时的宗宫佐衣子吗？

如果真的是她……

有津看着坐在他旁边的这个女人，可他又觉得这不真实。

虽然有津知道不能寻找接受自己精子的女人，但他一直在打听有关宗宫佐衣子的各种消息。

她的长相、身高和穿戴，都是他随意想象出来的。每当想起他想象中的佐衣子,有津就觉得她好像越来越漂亮了。如同青年时期纯洁的有津一样,佐衣子的形象在有津心中也始终是年轻而纯洁的。

但有时连有津自己也不清楚为什么会意外地对佐衣子进行下流的想象。他想象着当时的佐衣子仰卧在妇产科的诊疗床上,两条腿放在床两侧的支架上,分得很开,小腿和大腿呈九十度角弯曲。这样的姿势他曾在妇科的医书上偷偷看到过。

"用食指和中指进行触诊。"在大家的追问下,露崎勉强告诉了他们这些。而有津把露崎说的话按照自己的理解用到了对佐衣子的想象上:

佐衣子紧闭着双眼。由于羞耻和紧张,她的身体在微微发抖。她希望手术快点结束。她听到了金属钳子的碰击声,她想把耳朵堵起来,她想自己干脆失去意识才好。不一会儿,一个冰凉的金属进入她体内。又过了一会儿,佐衣子按照医生的吩咐深吸了一口气,放松腹部。突然,她觉得有种东西顶到体内,差点喊出声来。她皱着眉头,收紧腰部,但下半身被皮带绑在床上,一点也动弹不了。她觉得有东西进入体内,接着又有种被塞满的感觉。

我的精液注进了她的身体!

奇妙的是,有津总会想起"注进去了"这样一句话。

"请用点心。"空姐把点心盒递了过来。

佐衣子的和服袖口露出一截白白细细的小胳膊,那是有津在想象中多次看到的那个被金属器具固定在诊疗台上的小胳膊。

"有咖啡、可乐和果汁。请问您需要哪个?"

坐在窗口的女大学生回答说:"咖啡。"

"果汁。"

"果汁。"

有津和佐衣子都回答说要果汁。佐衣子的声音很低。

空姐伸出胳膊要把咖啡递给女大学生,佐衣子接过来递给了她。接下来是佐衣子的果汁。有津做好了从空姐手里接过来递给她的姿势,可是空姐直接把果汁递给了佐衣子。

三个人默默地打开了各自的点心盒。不知何时窗外有了星星,从右侧的舷窗可以看见月亮。飞机已在九千米的高空飞行。

已是晚上八点,从出发算起已经过去了三十分钟。机长广播通知飞机正在仙台上空飞行,算是问候了乘客。看来再过一会儿就要飞到北海道上空了。

有津不禁焦急起来。他终于坐在了朝思暮想了十年的女人身旁。

不可错过这个良机。

他并非带有什么不良用心去接近她,只要能弄清她是不是那个宗宫佐衣子就心满意足了。这个女人郑重其事地接受了自己那个"很随意的结果"。也许她用那个随意的结果培育出后代了。想到这些,有津就想向佐衣子道歉,请求她的原谅。对有津而言,那只是玩玩而已,而对她来说却是一件很严肃的事情。

他转过身子面对佐衣子,却说不出话来。

佐衣子支着右胳膊,手撑着太阳穴,一动不动,可能在闭目养神。

到了千岁就得和佐衣子分手。

有津又点上一支烟,接着看了看手表。飞机有些轻微的抖动,接着就像掉进了陷阱似的垂直地往下降。站着的空姐打了个趔趄,机舱里传来像吃惊又像担心的呼叫声。佐衣子抬起头来不安地看了看窗外,窗外依然是满天星光。

有津心想,"机会"来了。

"您是去札幌吗?"

"嗯,是的。"

突然有人搭话,佐衣子似乎有些不知所措。乘坐飞往札幌的飞机当然是去札幌了。这么愚蠢的问话,让有津像少年似的脸红到了耳根。

有津穷追猛打似的接着说:

"札幌好像又下雪了。"他在心里告诉自己,已经有了开始,接着进行下去就行了,"都四月了还下雪,这雪下得真不是时候。"

佐衣子缩起身子,用手支着脸问有津:"那札幌很冷吧?"

"您是第一次去札幌吗?"

"不是的。我以前住在那儿。"

"那么,现在在东京住?"

"是……"

佐衣子语气里带着犹豫。机舱里可以听到飞机引擎的轰鸣声。坐在舷窗旁的女大学生依然在看着窗外。

"您经常去札幌吗?"

"我父母住在那里,所以常去札幌。"

"那挺好。"

"是吗?"

"不对吗?"

"我也说不清楚。"佐衣子看着前面说。

从侧面看,佐衣子表情生硬,像是在拒绝谈话。有津轻轻地叹了口气,小口抽着烟。

机舱里的温度很舒适。有人在闭目养神。空姐从过道缓缓走过,不时观察着左右的情况。有津在考虑如何把谈话继续下去。

他突然从口袋里掏出名片递给佐衣子:

"我叫有津,在北海道大学工作。"

他自己都觉得这个动作太大胆了。

佐衣子看过名片后无奈地说:

"我叫宗宫。"

"您是叫宗宫佐衣子吧?"

"咦?"佐衣子吃惊地睁大了眼睛,一脸狐疑地看着有津说,"您怎么知道我的名字?"

"刚才广播里不是呼叫等空位的人名吗?我当时就在您旁边,所以就记住了。"

佐衣子微微点了点头。有津忽然觉得自己像一个追求女人的色鬼,心情顿时沉重起来。

"宗是宗教的宗吗?"

"是的。"

"我以前认识一个人,她的名字读音和您的相同。那个人的名字写作佐渡的佐和衣服的衣。"

佐衣子笑着回答:"我的名字也是佐衣。"

"我和她是十年前在札幌认识的。"

"十年前,我也在札幌。"

"真的?"

"要是我就是您认识的她就好了,可惜我不是。"

佐衣子好像还没有意识到自己已经相信了有津编造的假话,并且开始主动说话了。

"那个人早就结婚了,连名字都改了。"

"太遗憾了。这点和我不一样。"

"不一样?"

"对……"佐衣子笑而不答。

"我冒昧地问一句,您丈夫……"

"……"

佐衣子看了看窗户,像是要考虑一下。

有津低下头说:

"问您这么奇怪的事情,请不要生气。"

飞机引擎的声音发生了变化,似乎在减速,好像已经飞到北海道上空了。被春雪覆盖的原野在月光的映照下看上去一片洁白,其间贯穿着一条黑色的直线,那好像是国道。

提醒乘客系安全带的灯亮了起来,飞机开始缓慢地向左转弯。有津悄悄从侧面观察起佐衣子的脸来。都说人的中年相首先表现在面颊和下巴上,但佐衣子的面颊和下巴都薄薄的,带着寒意。

目前她是寡居吗?

可能是他心里这样想的缘故,佐衣子看上去很是孤单。

广播里通知乘客飞机已进入着陆状态。跑道上红绿两色的航空标示在闪烁着,像是在欢迎飞机的到来。飞机朝标示线里滑去,一阵轻微的冲击感过后便着陆了。人们纷纷站起身来。佐衣子拿起手提包。有津走到过道里,佐衣子跟在他后面。刚走到舷梯,寒风便扑面而来。机场里唯一明亮的地方是机场大楼,只见大楼楼顶的电子屏上显示气温为五摄氏度。

真想问问她住在什么地方。

和佐衣子并肩走在机场的柏油路上时,有津心里这样想,但他终究没勇气问。

机场大楼里灯火通明。旅客通道的右侧是提取行李的休息室,许多人在那里提取行李,不过有津没有托运行李。

她是不是……

当他回过头时,佐衣子对他说:

"那就在此告辞了。"

"是吗?"

虽然有津觉得很可惜,但表面上他还是落落大方地点了点头。佐衣子微微点点头,转身朝出口大厅走去。休息室周围挤满了取行李的乘客,不取行李的人则从他们身后往外走。

也许就此结束,不会再有下文了。

有津有些依依不舍。但即使追过去,他也没有再次和她搭话的勇气。纵然和她说上话,也显得过于勉强。要是让她觉得自己是个不三不四的人就坏了,但他又觉得就这样和佐衣子分手实在很扫兴。

有津犹豫了一下,再次往前走时,已经看不到佐衣子的身影了。

出口大厅里站满了来接机的人。有的人挥着手朝出来的人跑去,也有女人接过接机人抱来的孩子不停地逗着。大厅右侧是开往札幌的公交车的售票处,售票处和通往大厅的过道上都看不到佐衣子的身影。

人群在往前移动。大厅前面停着两辆公交车,前面的一辆公交车上已经上了近一半的人。有津往车上看了看,没看到有像佐衣子的人。公交车前方是出租车上客站,站前停着一辆私家车。当有津再次看那辆私家车时,车门已经关闭,有个女人坐进了车里。夜色中有津只看见女人衣服上的白色衣带。

是她!

有津不禁跑过去,可车已经启动了。从后视镜里看到的女人的脖子和肩膀来分析,那人肯定是佐衣子。好像和佐衣子同时上车并坐到驾驶位置上的是个高个子的年轻男子,但有津没看见那人的脸,只见那辆私家车亮着尾灯,随后消失在国道上。

出口大厅前的广场上,雪已经融化,看上去黑乎乎的。透过夜色可以看见远处野地里薄薄的积雪。可能还不适应这里的寒冷,有津的身子有些微微发抖。

他像丢失了什么东西似的,有气无力地回到公交车上。

三

　　札幌的北海道大学植物园，冬季时因为下雪，是不开放的。按照惯例，开园时间是四月二十九日。

　　九点多钟，有津穿着胶底鞋从家里出来。他家在靠近西山的宫之森。从他家到植物园，乘公交车的话需要三十多分钟。四月的札幌，大街上已经没有了雪的痕迹，但山间的小道和背阴的小路上依然有残雪。

　　植物园正面的铁门半开着。有津穿过铁门朝右侧的办公室走去。在雪下埋了半年的草坪露出了淡褐色的枯草，有些树木的根部还留有雪块。植物园的办公室是一座有白色外墙的两层建筑。它原本是札幌农业学校的植物学教室，后来从大学校园移到了这里。办公楼的窗户细长，是典型的明治风格的建筑，只是部分地面和扶手有些腐朽了。

　　有津的办公室在楼内左侧，房间宽敞而舒适，里面摆着一套沙发，沙发对面摆着放书籍的桌子，沙发上方白色的墙壁上挂着历代植物园园长的匾额。植物园的园长一般从大学里教植物学的老教授里选，但因园长要在大学兼职，很少在植物园露面，所以一般只负责植物园里的大事，其他琐事都由有津负责。

　　这天，有津十点钟到达办公室。一进屋他就从公文包里拿出学会的摘录集。这时助手志贺洋平走进来跟他打招呼：

　　"这次去东京情况怎么样？"

志贺也是植物学教研室的，是有津的学弟。他比有津小八岁，今年二十六岁。为了做花粉分析的研究，他去年离开大学后便到了植物园的研究室。

"没有什么特别的情况。"

"学会的会议举行得很隆重吧？"

"每年都如此。"

"您不在的这段时间，上次那个榆树的事，美国又来请求信了。"

说着，志贺把一个外国邮件递了过来。

"看来还是日本的榆树抗病力强。"

"是的。别说和美国的榆树比了，就算和北欧一带的榆树相比，抗病力也很强。"

榆树广泛分布于欧洲大陆、美国和日本等地的亚寒带地区，英语里的 elm 指的就是这种树，生长在北海道的春榆是其中的一种。

北海道大学的校园里有许多这种树，人们甚至把北海道大学称作榆树学园。这种树长得都很高大，有的树龄甚至超过了一百年，有不少榆树得四五个孩子围起来才能抱住。植物园里也有许多榆树，到了夏天，树荫会大面积地覆盖草坪。

"那里的榆树病害很多吗？"

"近来好像越来越严重了。"

这种榆树会生一种"荷兰榆病"。此病是由菌类引起的，一旦得了这种病，再大的树也会像生了船蛆似的枯萎。对这种传染病，日本的春榆比其他榆树抵抗力强，因此美国方面希望植物园送给他们一些春榆。

"他们要两百棵。"

"我们有那么多榆树苗吗？"

"不清楚。找找看吧。"

有津叠上信，点上一支烟。志贺也掏出烟坐到沙发上。

"东京的樱花已经凋谢了吧？"

"今年东京那里也冷，樱花的花期好像比往年晚了一个星期，九段那一带的樱花刚开始凋谢。"

"照目前这个样子,札幌这里的樱花恐怕五月初也开不了。"

说罢,志贺朝窗外看去。夏秋时节,这个房间会全部被树荫遮住。而如今树木刚刚发芽,可以将春日中的庭院看得一清二楚。

"这屋里有些冷。"

房间的中间有一个汽油炉,火苗在不断地往上蹿。可能是刚点上火的缘故,房间里还是有些冷。

"天花板太高,温度很难提高。"

天花板的确很高,要仰头才能看到。志贺补充说:"而且和白色的墙壁也有关系。"

"住在明治时代的建筑里,有些和现今生活不合拍之处也在所难免。"

志贺往前凑了凑身子,问有津:"那么,建新楼的事情怎么样了?"

"好像还没有结果。"

"虽然结果不清楚,但重建不是已经定下来了吗?"

"不,也有人主张进行部分修补,仍继续使用这座楼房。"

"他们究竟是怎么打算的?这座楼靠修补已经不行了。"

"可是,农校时期留下来的好像只有这座楼和钟楼了,所以……"

"那倒也是。可是他们也要为在里面工作的我们想想嘛。"

"……"

"现在哪里还有木结构、天花板这么高、一个房间靠一个火炉取暖的房子?"

志贺的话的确没错。他的话代表了在这里工作的大部分职员的意见。正因为这个,有津才向文部省提出申请,要求建一座新办公楼代替现在的楼房,于是才有了"拆除可惜,不如修补"的意见。

"夏天还可以。"

有津说着环视了一下房间,看不出屋里有年久失修的地方,唯一的缺点是太高大了。当夏天来临时,这里的安静和凉爽是其他地方享受不到的。然而,冬季时一天比一天冷,这种看法就会改变,会觉得这座楼房还是马上拆了好。人们的看法就是这样摇摆不定。

但是,最近有津的想法在逐步发生变化。他觉得即便是严冬时节,即便房间里的温度升得慢些,也还是现在的这座楼好。他有时真想自己一个人和这座明治时代的楼房待在一起。

志贺说:"如果说是为观光客着想,那就像政府保留红墙那样,把这个楼保留下来,再另外建办公室和研究室。"

"那样一来预算就有问题了。"

"可是,不能为了北海道以外的一辈子只来一两次的观光客而牺牲我们每天的生活。您说是不是?"

有津点着头说:

"那倒也是。"

原本觉得修补也不错,听了志贺的话,他又感到有些过意不去了。

也许是刚从拥挤不堪的东京回来的缘故,有津想起了东京,但很快就由东京想到了其他的。

他问志贺:

"那个……有电话簿吗?"

"有,我想应该有。"

志贺似乎并不在意有津忽然改变了话题。

"不好意思,麻烦请谁把它拿来。拿按照五十音图排序的就行。"

"好的。"

志贺刚要起身,像是想起了什么似的说:

"那个,您见苑子小姐了没有?"

"苑子……没,还没见。"

苑子是有津的妻子牧枝的妹妹,是札幌F女子大学英语专业二年级的学生,一年前住进有津家。也是在一年前,志贺去有津家时认识了苑子,从那以后两人成了朋友。

"昨天我到家时已经很晚了,所以还没见到她。你和她发生什么事了?"

"没,没什么……"志贺欲言又止,低垂的脸上透出年轻人纯真的表情,"那,我去叫人拿电话簿来。"

志贺出去后,房间里又恢复了刚才的寂静。有津站起身来。昨晚下的雪已经融化了,在上午阳光的照射下,融化的雪变成水蒸气,从枯萎的草坪上一下子升腾起来。

"您看这本电话簿行不?"

"谢谢!"

有津看着女办事员把电话簿放在桌子上,然后离开房间关上门。他又回到桌子旁。

"宗宫佐衣子。"

他像恢复了昨晚的记忆似的,又一次小声重复起佐衣子的名字来。

札幌的电话簿比东京的薄得多,连东京一个区的数量都赶不上。"MU"①这一项还不足两页,而"宗"打头的名字只有很少的几个。电话簿里没有"宗宫佐衣子"的名字,但有两个姓宗宫的,一个住在市中心,一个住在丰平。

是否打打看呢?

有津不知该如何是好。他觉得作为一个男子汉,不应该做这样的事。像露崎说的那样,不应该去寻找接受自己精子的女人。即使现在找到了那个女人,也没什么意思。

那件事那样就可以了。

上午,有津放弃了给电话簿里姓宗宫的人打电话的想法。但到了下午,他观察美国朴树的树叶标本时,又有了其他想法。

机场的相遇不仅仅是偶然。莫非是上天的安排,是神把我们拉到了一起?

对自己这种与科学家身份不相称的想法,他自己都感到好笑。不过,一旦这样想了,他又会对这样的想法深信不疑。

---

① "MU"为"宗"的日语读音的第一个字母。——译者注

我这脑子有些问题。

他敲了敲自己的脑袋,可又觉得调查一下也不是坏事。

电话机就在桌子上,他刚要拿起来,心里又想:如果她突然出现在电话里,我说什么?我说"我是昨晚在飞机上坐在您旁边的有津"吗?她会如何回答?她大概会说"是吗",但接下来说什么好呢?他没有任何可以说的话。对于一个只见过一面的男人突然打来的电话,佐衣子大概只会感到吃惊和可笑。

这事太可笑了。

有津伸出去的手又缩了回来。

下午三点,有津去大学拿苇原原野综合调查的相关论文。教授们还没从学会回来,研究室里显得很空旷。

有津从图书室拿了论文正要回去,他看见了电话簿和电话机。房间里空无一人,时间是下午四点半。

从这里打电话不需要顾忌接线员。

佐衣子的身影再次浮现在有津脑海里。与其说是再次浮现,倒不如说是这一整天佐衣子都藏在他脑海里。

有津在心里对自己说:就只是确认一下有没有这个人而已。

他打开了电话簿。第一户姓宗宫的人家住址是丰平。

她一拿起电话我就挂断。

有津做了个深呼吸。他觉得自己的做法有些卑鄙,于是又想:算了吧。

他心里虽然这样想,手却伸向了电话机的键盘。他一圈圈地拨着号,听筒里响起呼叫音。有津屏住了气息。

"喂!"

"你好,我是宗宫铁厂。"

"铁厂?"有津有些疑惑不解。

"怎么回事?"

"您那里有宗宫佐衣子这个人吗?"

"佐衣子?你往哪里打电话?"

可能是对方身旁有台车床,电话里传来机器的噪音。

"没有你说的这个人。"

电话就这样挂断了。打电话时的激动心情烟消云散了,这个地址和佐衣子毫不相干,有津自己苦笑起来。

还剩一家。

肯定是这家。

有津再次拨号。可能是刚才拨了一次的缘故,这次他比刚才镇静了些。

电话里的呼叫音响了许久对方才拿起听筒。

"这里是宗宫。"

接电话的是个年轻男子。有津脑子里立刻闪过开车接佐衣子的那个男人的黑色身影。

"您那里有一位叫宗宫佐衣子的小姐吗?"

电话里的男子低声问有津:"佐衣子?你是哪位?"

"……我叫有津。"他不由自主地说出了自己的名字,心想坏了。

这时电话里传来冷冷的声音:"我是宗宫,但我家没有叫佐衣子的女孩子。"

"没有?"

"你是不是搞错了?"

"可是……"

"我们家没有你说的这个人。"

对方说完挂断了电话。有津喘口气,擦了擦额头上的汗珠。

不可思议。有津没想到结果会是这样,但这两家又不像是在撒谎。

那个女人去了哪里?

有津的脑海里再次浮现出佐衣子那张苍白的脸,瓜子脸上的一双凤眼好像受了惊吓似的。

当时我为什么不问得更详细些?

有津后悔了。佐衣子像断了线的风筝,在薄雪覆盖的夜色里消失得踪影皆无。

四

时间到了五月。

在札幌,梅花和樱花几乎是同时开放的。以往它们都是五月初开花,而今年因为受全国性春寒的影响,它们开花的时间推迟到了五月中旬。

当这些花凋谢后,初夏才会来到北海道。北国初夏的绿色是赏心悦目的。这也许和经过了一个漫长而单调的冬天后,人们很是珍惜好不容易看到的绿色有关系吧。不过,不同的草坪展现出来的绿色也不相同。北海道以外主要是用一种名为"高丽"的草做草坪,这种草茎叶粗壮,冬天会枯死。而北海道是用一种名为"六月禾"的西方草做草坪,这种草叶子柔软纤细,有淡黄色的光泽。两种草坪看上去就像太太和姑娘的差别一样。

北海道大学植物园的草坪当然是后者,略有起伏的草坪四周是开始发芽的树木。初夏的阳光把树木的影子投到草坪上。

初夏的来临,在山脚下的住宅区体现得更明显。尚显柔弱的绿色草坪中绽放着樱花和梅花的红色花朵。每天清晨和傍晚,花朵在霞云的映照下显得更加淡雅。

有津喜欢在傍晚沿着山路回家。看着越来越近的裸露着岩石的山体,他才有初夏来临的感觉,这意味着北国已经摆脱了严寒。忍受了半年的严冬已经过去,他觉得很轻松。这种心情和人和事无关,如同大自然焕发生机一样,他的身体也有了活力。

沿山脚下网球场边的路往上走,再顺着针叶林里的路往前走一百米,然后往左一拐就到了有津的家。他家的房子有一百多平方米,尽管有些小巧,但红色的房顶和奶油色的墙壁让房子看上去很美。

那天,有津六点到家,在院子里转了转就进了浴室。院子里樱花树上的樱花已经凋谢,杜鹃花开始绽放。

"爸爸,我也洗!"

五岁的久美子像是在等着有津进浴室似的跑了进来。都说久美子长得像他,可有津觉得女儿更像他妻子。不单是脸型和身材,女儿的各方面都像妻子。小时候,她想要一种玩偶,不给她买,她就一直不离开卖玩偶的柜台,买衣服也是如此。她的想法一旦定下来就休想改变,有津觉得女儿这种强势的性格很像妻子。

洗完澡,他换上睡衣,一家人开始吃晚饭。吃完饭,久美子又坐到电视机前。有津喝着茶看着晚报,这时妻子牧枝坐到了他身旁。

"前不久苑子说要从家里搬出去住。"

"噢?"有津把视线从报纸上移开,抬起头来。

"好像是要一个人租公寓住。"

"为什么?"

最近,有津只在早晨出门时见她一面,很少和她交谈。他甚至不知道苑子什么时候出门,什么时候回来。

"说是离学校太远,来回不方便。"

有津觉得苑子说的也许是事实。牧枝双手捧着茶杯,叹了口气:

"这可真叫我为难。"

"有什么好为难的?"

"说上学不方便,是她从家里逃出去的借口。"

"逃出去?"

"那个丫头,想不受我们的监视,自由自在地生活。"

"年轻女孩子嘛,这也是没办法的事情。"

"正因为是个年轻女孩子,我才为难。"

"是吗?"

经妻子这么一说,有津也觉得妻子的担心有道理。

"你不要不当回事儿。苑子要搬出去住,很可能是你那个研究室的志贺君的主意。"

"你是说志贺君怂恿苑子搬出去住吗?"

"目的就是为了两个人毫无顾忌地自由幽会。"

"可是,他们两个不是正在自由幽会吗?"

"可是……"牧枝犹豫了一下说,"我觉得他们两个人好像不是一般的关系。"

"你是说两个人有肉体的接触了?"

牧枝用眼神表示了肯定。

有津想起了苑子那活泼而伸展的肢体。穿上毛衣,再配上超短裙,她那小巧的身体便充满了青春的活力。

"难道……"

"苑子最近常常晚上十点、十一点才回来。虽说是坐出租车回来的,但晚上还是很危险的。"

"可是,那时志贺君不是会送她吗?"

"那不就更让人担心了吗?"

有津一直以来都觉得苑子是个很可爱的小姑娘。听妻子说她已经成了尝到男人味的女人,有津一时不知道说什么好。他不想只因为苑子回来晚一些就往坏里想。

"你是不是有什么证据?"

"没有证据我也能看出来。"

牧枝说得很干脆。她的意思是,两个人是姐妹,不着边际的证据还不如她自己的感觉更可靠。

"你说得也有道理。"

有津虽然嘴上说有道理,但心里并不愿意相信这是真的。

"志贺没说什么吗？"

"没有，他什么都没说。"

有津想起来，他从东京回来的第二天，志贺曾问他见没见过苑子。自那以后，快过去一个月了，志贺没再说过什么。

"不知道现在的年轻人在想什么。"

年纪还轻的牧枝说出这样的话来，有津听来觉得很好笑。

"你去好好问问他们吧。"

"问？怎么个问法？"

"问问他们是不是认真的。"

"你是说问问两个人是否准备结婚吗？"

"如果有了肉体上的关系，当然要考虑结婚了。"

有津抱起胳膊思忖起来。他觉得妻子的话也对也不对。

"苑子这边你已经问过了吧？"

"问过她，她有一搭没一搭的，重要的地方一句也不说。"

"你问她她都不说，我问她她就更不说了。"

牧枝用讽刺的眼神看着有津说："那丫头还是比较听你的话。"

"你不是她亲姐姐吗？"

"你明明有监护的责任，可你要滑头，一句严厉的话都不对她说。"

"她已经二十岁了，怎么好对她处处说严厉的话？"

"总之，这事我非管不可。"

"这事你告诉函馆的妈妈了吗？"

牧枝的娘家在函馆，经营着一个名叫八丸的海产批发店。姐妹俩的父亲去世后，由她们的哥哥继承了家业。她们的母亲还健在。

"这事要是告诉了妈妈，她不气昏过去才怪呢。"

有津和牧枝是经人介绍结婚的。结婚前，牧枝好像从未接触过男人。也许牧枝在拿自己的标准要求妹妹吧。

"时代和过去不同了。"

"可是，不能因为这个就放任不管吧？"

"这倒也是。"

有津喝了口茶。苑子还没回来。

"请你也跟志贺君谈一次,问问他有什么打算。"

"两个人不是在考虑好了的基础上交往的吗?"

"这个时候你还满不在乎?"

"既然你这么担心,你去问问他不就行了?"

"可他是你的学弟,不是你把他带到这个家里来的吗?"

"这是两码事。"

"你们俩不都是男人吗?"

"都是男人所以才不好谈。"

有津觉得自己是学长,地位又比对方高,因此反而不好谈。

"苑子说要搬走,我们也不好强留吧?"

"总而言之,你这个人是一点麻烦的事都不想做。"

"这并不是什么值得大惊小怪的事情嘛。"

有津起身来到书房,打开窗户,草木的气味扑鼻而来。

lilac(紫丁香)不是日本本土的树木,它的原产地在土耳其半岛至欧洲东南部的巴尔干半岛一带,lilac是它的英文名,日本名字叫作MURASAKIHAIDOI,但它的日本名字听起来太没味道,因此,札幌的人都把这种树叫作lira。

紫丁香树是在明治时期传到北海道的,当时有许多东西传到北海道来:白杨、洋槐、欧洲云杉、苹果、铁路等等。

有津看着紫丁香树,心想:紫丁香这种树特别适合所有东西都来自外国的札幌。除了冷色调的紫丁香,其他花木,无论是菊花还是樱花,都不适合这个明治时代建起来的札幌。

植物园办公室的右侧有一棵八十多年树龄的紫丁香树。说它树龄八十多年,是因为它是明治二十五年左右(1892年前后)用雪橇运来的。当时它有五米多高,枝叶繁茂,若不是恰在开花期,很少有人能意识到它是紫丁香树。

每当看到这棵紫丁香树自下而上地开花时,有津就明白初夏到了。在它之前盛开的樱花和梅花,对于有津而言象征的是春天。

紫丁香花开那天,有津和志贺穿过植物园的草坪去药草园。那天正是星期六,已经快到下午五点关门的时间了,但斜阳下的草坪上仍然有许多人。

志贺边走边告诉有津:"都是些小学一年级的学生,正是调皮捣蛋的年龄,连池塘里的鱼都想抓。"

午后时分,有一个来游玩的少年,在从樱花林去树木园的路上不小心掉进了水塘里,弄得浑身湿漉漉的。

少年的母亲说,掉进水塘固然是少年的错,但从不小心就会掉进水塘这点来说,植物园也有过错。

有津当时去了大学,并不在场,因此,志贺就替他听牢骚,向对方道歉,把她劝了回去,但年轻的志贺并不认同那位母亲的说法。

"那么可爱的孩子,当妈妈的应该好好看护。而妈妈自己只顾和同行的太太闲聊,没看好自己的孩子,让孩子掉进水塘,然后因为这个就批评我们。这也太离谱了。"

志贺大声说着,丝毫不顾来参观的人是否能听到他的话。

"对方说因为水塘边没有护栏才导致孩子掉下去的。可这里本来就是一个体现自然景观的植物园,要是用护栏围起来,不是很可笑吗?"

"你说得倒也是。"

他们走出草坪,右边是一排紫丁香树,前面是一片樱花林,林子里有一条下坡路,透过树木的间隙可以看到水面的亮光。两人来到水塘边。通往树木园的路上有座桥,那个孩子就是在那里掉进水塘的。

这一带的水塘以前叫幽庭湖,曾经很美,而如今水源枯竭了,只能靠抽水机供水,勉强维持一个水塘的水量。由于这个原因,塘里的水很浅,说它是塘,但其实更像是一个沼泽。水塘边的观音莲、木槿花、黄菖蒲等湿地植物长得很茂盛。

"就是从这里滑下去的吧?"

水塘边比较陡。由于周围高大树木的遮挡,这里的土呈黑色,很是潮湿。

"都怪到这里来的家伙。"

"如果加护栏,就必须用铁或其他什么材料。"

"还是要加护栏?"

"再掉进去一个就麻烦了。"

"这都是因为他们自己不注意而造成的。"

"肯定会有人说自己不清楚。"

"是他们自己随便进来,然后又随便掉进去的。"

"收了人家的门票钱,总不能对这事置之不理吧?"

"可是,特意建的一个幽静的自然园,要是加上护栏,就太煞风景了。"

有津安慰志贺说:"把它向大众开放,本就意味着把它俗气化。这样吧,护栏用不太鲜亮的油漆,颜色要和周围的色彩协调。"

说着,有津坐到水塘边的长椅上。

"不遵守规定的人太多了。"

志贺也无奈地坐了下来。日已西斜,虽说已经是五月中下旬,但待在树荫下仍会感到有些冷。

有津心不在焉地说:"明天是星期天。"

志贺点了点头。两人前方的树林里,色木槭、枫树、橡树等树种混杂在一起,它们的颜色黑黑的,有许多树杈。其中唯有一棵树干挺拔,十分透亮,就像混在一群粗野男人中的女人一般,十分妩媚。看着那棵名为山毛榉的树,有津忽然想起要从家里搬出去住的苑子。

"我想你已经知道了……"有津看着前方说,"苑子说她这个月底要搬出去住。"

志贺的身子好像微微动了一下。

"我倒也不反对她搬出去住,但牧枝有许多担心。"

"您说的担心是……"

"哦,一方面让她一个人搬出去住,心里感到不踏实,另一方面,和你们两人的关系也有关。"

"和我们的关系?"

"这个……好像是不清楚你们两个人的关系究竟是怎么回事。"

"要说怎么回事……"

有津像替牧枝传话似的:"也就是说,你对苑子究竟是怎样想的?"

不过,这也是有津想知道的。

"怎么样,能说说吗?"

志贺看着远处,红着脸说:"我喜欢苑子。"

"是吗? 这就好。"

"可是,我还没考虑马上结婚什么的。"

"是,苑子也还正在上学。"

"目前,实事求是地说,我只能讲这些。"

"女人都是急性子,挺烦人的。不过你爱苑子就好。"

"可是,不一定因为爱就要结婚吧?"

"什么?"

"我是说,因为相爱就结婚,这种想法太过单纯了。"

"是吗?"

"世上的夫妻不会都是因为相爱才结婚的吧? 而且,最近苑子小姐的心情……"

"喂! 你等等!"

突然,有津站了起来。他的视线被吸引到山毛榉树那边。一个女人走在通往自然林的小路上,旁边有一个八九岁的男孩。在斜阳的照射下,女人的后背显得很亮。

那不是宗宫佐衣子吗?

树叶在斜阳中摇曳。

他再次凝神观望,感到难以置信。但从那女人清晰的侧面轮廓看,毫无疑问就是佐衣子。

"我先告辞了。"

"怎么回事？"

"刚才谈的事回头再说吧。"

有津撇下一头雾水的志贺，朝小路跑去。

那个男孩走在佐衣子的右边，身材瘦小，像是佐衣子的儿子。

有津定了定神儿，然后一口气从他们母子身旁超了过去。因为路窄，佐衣子轻轻侧过身给有津让路。这时有津转过身来从正面看着她说："您不是宗宫小姐吗？"

"您是……"

"我是有津，前一段时间在飞机上曾和您坐在一起。"

佐衣子微微点了点头。

"上次多有打扰。"

"不，倒是我打扰您了。"

两人又重新互致问候。男孩看看有津再看看佐衣子，不知如何是好。

"今天来这里是因为工作吗？"

"不，我一直在这里。"

"您不是在大学工作吗？"

"我从大学到了这里的研究室。"

"原来是这样。"

佐衣子身穿浅黄色和服，扎着一条蓝色的腰带。有津觉得她十分漂亮。

"他是您的儿子吗？"

"是的。"佐衣子说罢朝男孩说，"纪彦，问老师好！"

男孩重新抬头看着有津，口齿清楚地说："您好！"

纪彦身穿白色条纹的毛衣和西装短裤，尖下巴，双眼皮，大眼睛，高鼻梁，长得很帅气，只是右侧的额头上贴着一块胶布。

"受伤了？"

"他毛手毛脚的,在学校撞到单杠上了。"

佐衣子说着笑了起来,可男孩像是害羞似的把脸扭了过去。有津再次端详起男孩来。突然遇到佐衣子,有津有些不知所措。

"这孩子几岁了?"

"上小学三年级了。"

两人朝前走去,纪彦跟在他们身后。

小学三年级,那应该是……

有津推测纪彦今年应该九岁了。

"你们常来植物园吗?"

"我以前来过。这孩子是第一次来。"

"您觉得札幌的植物园怎么样?"

"好久不来看了。这次来一看,吃惊地发现它很开阔、很美。"

"和东京相比,草木都大不相同吧?"

"是。我和这孩子都不了解北海道的花和草。今天天气好,就带着他来了,顺便让他长点见识。"

他们穿过茂密的树林,来到明亮的草地。快五点了,在草地上歇息的人开始朝出口走去。

"再过十几天会有更多的花开放。"

佐衣子说:"我能请教您个问题吗?"

"什么问题?"

"一见面就问问题,真不好意思。有叫乌头的花吧?"

"有。这个药草园里就有。"

"我今天就是来看那种花的。它的花是什么样子?"

"那种花秋天开花,花色碧绿,上部像帽子,整体形状像鸡冠,所以得名'乌头'。"

"是吗?这孩子的课本里有那种花,所以,我就带他来看看。"

"乌头是一种与北海道渊源很深的花。干燥后的乌头根里含有生物碱这种有毒成分,中医里用它治疗神经痛和风湿症等,过去阿伊努人把它涂在箭头上射猎熊。"

"纪彦,老师讲的你明白了没有?"

少年睁着大大的眼睛看着有津。

"也许有那种花的标本。我这就去找找。"

"不,您很忙,不麻烦您了。"

三人说罢又往前走。

"三年前,我写了一本名叫《北海道的花草》的书。书很薄,就一百多页。北海道的花草和本州的花草不同。写那本书的目的就是为了让小学生和一般的人了解北海道的这些花草的特征。那本书里有关于乌头的详细介绍。我家里有那本书。"

"我想买一本。"

"那是本老书了,书店里很可能没有。下次我带给您吧。"

"那谢谢您了。"

三人从榆树的树荫里走过,少年回头看了看榆树的树干。

"孩子在哪个学校读书?"

"在圆山小学。"

"哦,那儿离山很近。"

"是。那里有座公园,就在学校前面。"

"这么说,学校是在里参道那一带吧?"

"是,在里参道左边。"

佐衣子回答得很爽快,完全没有在机场时看到的那种沉闷。

有津说:"我家在宫之森,我常路过您说的那一带。"

走出草坪,前面是通往正门的一个平缓的坡路。路左边是植物园的办公室,右边是温室。

"我的办公室就在那座楼里面。"

佐衣子微微眯着眼看了看那座楼。

"您如果方便,要不要去我的办公室看看?"

"不了,已经到了关门的时间。"

佐衣子看了看植物园的正门,那里挤满了人。

"您不用担心出门的事。"

"下次再来请教您吧。"

"是吗?"

佐衣子低着头说:"太谢谢您了!"

少年也慌忙模仿妈妈的样子低下了头。

"那么,我在你们下次来之前把乌头花的标本和那本书都准备好吧。"

"非常过意不去。"

"一找到标本和书,我就联系您吧。"

"好的。只是太麻烦您了,还是我联系您吧。"

"没关系。您的电话是多少?"

"这个……"佐衣子犹豫了一下,"是5616074。"

有津把号码记到了记事本上。

"电话里称呼您宗宫小姐就可以了吧?"

"那是我父母家,姓尾高。不过,通常都是我接听电话。"

"我懂了。"

"那我们告辞了。"

佐衣子对有津鞠了个躬,转过身去,少年跟在母亲身后朝斜阳中走去。

有津目送他们母子消失在树影里后,回到了自己的办公室。

"是您的朋友吗?"

有津正从书架上把装有植物标本的文件盒拿出来时,志贺走了进来,他已经准备下班了。

"嗯,我们没有乌头的标本吗?"

"办公桌上没有吗?"

"没有。"

有津桌上堆满了文件盒。

039

"这么说,也许是拿到大学里去了。"

"拿到大学去了？谁拿去的？"

"是村越拿去的。我记得是今年秋天拿走的。"

村越是和有津同一个研究室的男研究生,正在进行植物毒性的研究。

"是吗？真拿他没办法。"

"您急着用吗？"

"比较急。"

"我明天问问他。"

"好吧。"有津嘴上虽这样说,但心里还是不踏实。

"您不回家？"

"那就回家吧。"有津只好收拾东西准备回家。

志贺说:"刚才那事……"

"刚才什么事？"

"就是苑子的事……"

"哦。"有津对他们的事已经不感兴趣了。

"说实话,我最近越来越摸不透苑子小姐的心思了。"

"摸不透？"

"是的。有些地方让我难以理解。"

"话虽这么说,你们不是在相爱吗？"

"是在相爱。可是……"

"这事,你们好好谈谈不就行了？"

现在有津满脑子都是佐衣子。

五天后,即周四傍晚,宗宫佐衣子接到有津的电话后来到了植物园。坐在有津房间里的佐衣子有些不自然。

有津从桌子上的文件堆里拿出一本蓝色封皮的书说:

"这是书。我以为有乌头的标本,可是没找到。请大学的人找,可是拿走标本的人记不清放在哪里了,好像由于身边有那种花,就对标本疏忽大意了。"

"给您添麻烦了。"

"关于花和茎秆的形状等,这本书里也介绍得很详细。我想完全能够满足小学、中学程度的学习需要。关于花的实物,等到秋天花开了请你再来看吧。"

"谢谢!"佐衣子接过书翻看起来。

"纪彦好吗?"

"很好。他盼着和我一起来植物园,可是从昨天开始有些感冒,就把他留在家里了。"

"这可得小心。发不发烧?"

"不要紧。昨晚稍微有点烧,今天已经不烧了。"

"尽管现在已经到了五月末,可有时还是感到冷飕飕的。天气暖和了,可还是感到冷。这个季节令人难以琢磨。"

有津看了看佐衣子,突然觉得她像是白色的,冷冷的。她的这种白和冷像玻璃一样,是硬质的,让人觉得无法改变。

有津突然想起了纪彦那个少年的脸。他的脸瘦瘦的,白白的,是典型的城市里孩子的脸,眼睛大大的,害羞时眼圈会微微发红。不太高的细鼻梁,微微突出的嘴唇,这些都是遗传了佐衣子的外貌特征。可从眼睛到鼻梁的平缓的连接,以及相对于脸来说显得较大的耳朵,这些都是遗传谁呢?很明显这些地方是从其他人那里遗传来的。

是竹冈,是吉村,还是我?究竟是遗传了谁的?

"纪彦一定会很高兴的。"佐衣子抬起头来,眼睛带笑地说,"那个孩子特别喜欢植物、昆虫什么的。"

"我也……"有津把到嘴边的话咽了回去,心想那孩子不会是遗传了自己的爱好吧。

"他每年一到夏天就去乡下,一个暑假都不回家。"

"他去什么地方?"

"去蓼科。"

"是别墅吗?"

佐衣子点了点头。有津开始想象佐衣子在东京的生活:那里有佐衣子和纪彦,还有一个男人,也许还有纪彦的爷爷奶奶。他们在考虑什么?他们在盼望什么?

"你就纪彦一个孩子吗?"

"对。"

"一个孩子太寂寞了吧?"

佐衣子模棱两可地点了点头,朝窗外看去。

"你彻底离开东京了?"

"是的。"

"你的先生也……"

刹那间,佐衣子的脸上掠过一丝痛苦的表情。

"你和你先生不生活在一起吗?"

佐衣子低下头轻轻说:"就我和纪彦两个人。"

看样子佐衣子是回娘家生活了。那个男人,要么死了,要么和佐衣子分手了,但有一点已经清楚——他不在佐衣子身边。

为什么要问得这么详细?有津自己都觉得有些过分,但他又觉得是内心里的另一个自己要问这些问题的。

有津想为自己这种不客气的问话解围,转而说道:"北海道这地方空气清新,景色很美。"

佐衣子像要摆脱有津似的说:"这本书,按照书上的定价付钱就可以了吧?"

"不,不用付钱。"

"可是,买您的书不付钱,也太不合常理了。"

有津想说自己应该送书给纪彦,但终究没能说出口。

"您就收下这书钱吧。"

有津抬手拒绝说:"真的不用付钱。"

这时响起了敲门声。

"请进!"

进来的是志贺。看到有女客人在屋里,他在门口停住了脚步。

"对不起,打扰您了。"

"有事吗?"

"不,没什么急事。我过会儿再来吧。"

志贺微微点点头,离开了房间。

植物园通知关门的铃声响了。钟的指针指向了下午五点。夕阳照在窗外的树上,每片叶子都在忽闪忽闪地反着光。

"真的不需要你付钱,请把钱收起来吧。"有津回头看着桌子上的钱说,"我不是为了把书卖给你才拿来的。"

"那我就不客气地收下了。"

佐衣子老老实实地把钱收了起来。

"你直接回家吗?"

"是的。也没有什么地方好去。"

"如果你方便,我陪你走一段路吧。"

"我没什么不方便,只是您……"

"那请稍微等我一下。"

有津先是打电话告诉同事自己要回家了,然后又从桌子上的书堆里拿出三本书塞进公文包。

"您这里书真多。"

"净是些枯燥的植物方面的书。"

"周围都是树木花草,真令人羡慕。"

"总在这样的环境里,就觉得这很正常了。"

从办公室出来,他们正前方就是那棵老紫丁香树。

"这棵紫丁香树真大。"

"这棵树下面埋着一个雪橇。"

"雪橇?为什么要埋雪橇?"

"明治中期,这棵树就是用雪橇拉来的。当时事先挖好了坑,可是由于树过于高大,没法从雪橇上卸下来,就连雪橇一起栽到了树坑里。"

佐衣子觉得很有趣,笑了起来。

"雪橇已经变成泥土了吧?"

"是紫丁香把它吃掉了。"

两个女同事从有津身旁走过,跟他打招呼。已经过了闭园时间,草坪上空无一人,很是安静,只是偶尔能听见轻轨电车微弱的震动声。

佐衣子像有了新发现似的说:

"紫丁香的花是从下往上开的?"

"几十朵小花簇拥在一起,形成一个花序,专业点的说法叫脉生圆锥花序。"

佐衣子看着紫丁香花说:"我已经七八年没看过紫丁香花了。"

"这七八年是否一直在东京?"

佐衣子侧着头想了一下:"在东京已经住了八年了。"

有津说:"偶尔能看到花冠的顶部裂成五部分的紫丁香花。"

"分裂成五部分?"

"花冠分裂成五部分的花叫幸运紫丁香花。人们都说喝了这种花泡的茶,可以让自己爱的人永远爱自己。"

"是喝下去吗?"

佐衣子开始寻找起这种花来。花枝微微摇动。

"没有找到。"

"大概是人们随口编造出来的说法。"

佐衣子放弃了寻找。两人穿过正门来到外面,继而穿过茂密的红橡树林,来到北一条。通往山上的路笔直而宽阔,路两侧栽着两排林荫树。外侧的一排是银杏树,里侧的一排是刺槐。

快到十字路口时有津说:"可以请你一起吃饭吗?"

"可是我……"

"如果你没有什么急事,就请你陪我一起吃顿饭吧。"

"……"

绿色信号灯亮了,两人穿过宽宽的马路来到对面。夕阳中,行人都拖着一条长长的影子。佐衣子觉得从这个角度看,傍晚的天空晴得格外好看。

两人在大楼下面的餐厅吃饭。有津感到饿了,而佐衣子说她不太饿,只要了浓汤和蟹肉色拉。

"来点啤酒怎么样?"

"不行。我一喝脸就红。"

"一杯没问题吧?"有津只管往佐衣子的杯子里倒酒。

"完全打乱了您的工作。"

"说哪里话。"

"我家人肯定对我有意见了。"

"你经常出来吗?"

"不,我很少出门。"

"那应该没问题。好不容易出来一次嘛。"

"把生病的孩子丢在家里,自己出来吃饭。我是个不称职的母亲。"

"是我邀请你的。"

"我去给家里打个电话。"

佐衣子朝餐厅入口附近的电话走去,很快她就回到了自己的座位上。

"孩子是不是还在发烧?"

"幸亏孩子问题不大了。我想,可能是来到一个新城市有些不适应吧。"

"很快就会好的。"

"希望孩子快点好,否则我就麻烦了。"

餐厅里的客人开始多起来,他们周围的座位全坐满了。居然能和佐衣子面对面在一起吃饭,有津觉得这简直是奇迹。

佐衣子问有津:"您有孩子吧?"

"有一个女儿。"

"多大了?"

"五岁。"
"那正是孩子最可爱的年龄。您女儿叫什么名字?"
"叫久美子。"
佐衣子拿着汤勺说:"下次让我见见好吗?"

五

露崎妇产科医院位于札幌南郊的藻南公园附近。贯穿札幌的丰平川在入海处呈扇形展开,藻南公园相当于扇轴。札幌中心区的丰平川河床很宽,但到了藻南公园一带,河面变窄,水流变急。因水流变化,这一带山的形状也与其他地方不太一样,靠近河边的山麓曲折突出的部分很像军舰的舰首,于是人们把这地方的山叫作"军舰岬"。不过,"二战"结束后,这个名字渐渐被淡忘。从军舰岬往上走,就到了温泉峡。

露崎妇产科医院就在丰平川和温泉峡之间。在树木很多的札幌,这里离河流和大山更近,虽然离市中心远一些,却是个适合居住的好地方。

和佐衣子分别后的一天,有津决定去露崎妇产科医院看看。医院的院长露崎政明是有津在足球队时的学长,两人关系很好。三年前医院开业时,有津和原来足球队的队员们一起去过,但他也就去过那一次。后来观看足球比赛时遇到过露崎两三次,但从没去过他家。

"好久不见了!你还好吗?"

虽然有津事先给露崎打了电话,但当露崎看到突然站在自己面前的学弟时,仍掩藏不住久别重逢的欣喜。

"托您的福,一切正常。"

"现在在大学做什么?"

"我一直在大学的植物园工作。"

"那挺好。也就是说和那些讨人嫌的老头子们分开了？"

露崎拿出两个杯子，又拿出一瓶威士忌往杯子里倒。

有津问露崎："你晚上都在这里吗？"

"不，晚上我很少在医院。"

"那病人怎么办？"

"说是有住院的，其实都是来做人工流产的。没什么大问题。"

露崎往杯子里加上冰块，然后一口喝了下去。

"病人很多吧？"

"不，很少。在这个地方开医院的人是傻瓜。"

"怎么这么说？"

"你想想看，哪有到住宅区里的医院来堕胎的？要堕胎还是到小巷里不为人知的医院为好。"

"为什么？"

"因为这是一个有罪之人来的地方。"

说罢，端着酒杯的露崎笑了起来。忽然他表情严肃起来，问有津：

"你是不是也犯了什么错？"

"不不，我倒没那样的事……"

"可是，一个难得见到的男人突然到我这里来……"露崎笑着说，"不放过可疑之处，是医生的职业本能。"

"你想到哪里去了？我只是……"

"得了！我们可是在集训班里同吃一锅饭的朋友，没必要向我隐瞒。"

有津拿定了主意说：

"是这么回事儿……"

"怎么样？我说吧！"

露崎往杯子里倒上酒。

"也不是什么大事儿。想请教你关于父亲和孩子的事情。"

"嗯。"

"怎样才能确认孩子是父亲亲生的呢？"

"这不是很普通的事情吗？"

"不是我本人的事情，是一个朋友问我的，所以我又来问你。"

"真的？"

"我不骗你。"

"不说这个了。那他想做什么呢？"

"如果有确认的办法，他想确认一下。"

露崎放下酒杯，抱着胳膊肘说：

"父亲和孩子都在札幌吗？"

"是的。"

有津觉得自己像年轻人似的，脸红了起来。

"这件事，最迅速又简单的办法是检验血型。不过，虽说这样会比较准确，但也不是百分之百能够肯定。"

"也就是说……"

"例如，A型血的父亲和O型血的母亲只能生出A型或O型血的孩子，如果孩子是B型血，那孩子的父亲就是其他男人。但即便父亲是其他男人，也会存在他是A型血的可能性。总之，血型不同未必就能一口咬定不是亲生关系。"

有津觉得这种说法有道理。

"血型的分类也不是那么简单的A型、B型和O型，例如，A型血里面还分几个类型。如果进行细致的分类，结果会更准确，但这相当麻烦。"

"你这里不能做吗？"

"做不了。其他的方法还有检查唾液、观察组织的反应等，但都很麻烦。"

露崎又拿起了酒杯。有津轻轻叹了口气。

"那个孩子几岁了？"

"八九岁了。"

"那就看长相，这方法既简单又可靠。"

"可是,只凭长相……"

"不,这种方法出奇地准确。两个人站在一起比较一下,马上就能弄清楚。"

"是吗?"

"如果是父子关系,肯定有相像的地方。你见过他们父子吧?"

"不,还没……"

"不能本人去看那个孩子,本人是很难看出来的。不过别人能看出来,还是其他人的眼睛更客观、更正确。"

"是吗?"

"是的。肯定是这样。"

露崎又干了一杯酒。按照过去的说法,露崎是七十多公斤的壮汉,开了医院后,他又胖了一圈儿。

"你是不是不相信这种土方法?"

"要验血型还得采血吧?"

"那当然。不过,稍微割一下耳朵就可以。"

"通常人们都应该知道自己的血型,那个孩子是什么血型?"

"这个……"

"父子之间的确是非常像的。孩子走路的架势、喝酒的劲头都会慢慢地像父亲。"

有津把端到嘴边的酒杯放下来。

露崎问有津:"我记得你有个女儿。"

"对。"

露崎点了点头,接着又微微笑了笑:"那就是说,那个男孩子不是你的孩子?"

"不要开这种玩笑。"

"不,做父亲的有时会怀疑自己的孩子是不是亲生的。当被告知是自己亲生的孩子,就会放心。"

"我问的不是我的孩子。"

"好啦好啦,如果有什么问题,你把孩子带过来就行了。我用我一双冷静的眼睛帮你看看。"

"可是,这个……"

"没法带来吗?"

"再说吧。"

"你也不容易。"

有津慌忙说:"我不是说了吗?这不是我的事儿。"

"你不要急嘛。男人的心思男人最明白。"

有津真想如实告诉露崎,但如果说出来,很可能会挨他的骂。十年前,他和露崎有个约定,不去寻找那个接受他精子的女人。

"无论情况如何,你都不可过分介入。"

露崎又往两个杯子里添上冰块,关于孩子的话题就到此为止了。接着,两个人又聊起足球和过去足球队里的同学来,但这些话题对有津来说都是多余的。

从露崎的医院出来,有一段坡度不大的下坡路。路两旁都是面积很大的住宅,但也有一些面积较小的房子。天空中既没有月亮、没有星星,也没有风,但有津走到篱笆墙边时还是感觉到了风。

空气里飘荡着丝丝青草的气味。有津走在时有时无的路灯下,又想起了佐衣子。

他去找露崎的目的是为了弄清纪彦是不是自己的孩子。他觉得知道了结果心里就会踏实一些。他接近佐衣子,是出于也许她抚养了自己的孩子这样一种既期待又恐惧的心情。他想,只要弄清楚纪彦到底是谁的孩子就足够了,他觉得这是作为一个有可能是纪彦父亲的男人理所当然的愿望。他想知道纪彦究竟是不是自己的孩子,但他又怕一旦弄清楚了这个问题,一切就都结束了。

他停下脚步,在路灯下点上一支烟,在心里问自己:

你究竟想得到什么?

云在夜空中飘动,从身边刮过的风柔柔的,四周静得出奇。

是佐衣子。

有津内心深处这么回答。他回过神儿来,沿着小路朝宽阔明亮的大路走去。

他到家时已经十点了。久美子已经睡下,牧枝在客厅看电视。有津是走山边没有路灯的路回到家里的。他的眼睛适应了夜路上的黑暗,反而觉得客厅里的灯光太亮了。

妻子牧枝跟有津打招呼:"回来啦!"

有津像是躲避灯光似的背对着牧枝,把西装胡乱地递给了她。

"吃饭了吗?"

"嗯。"

"是在哪儿吃了饭回来的吗?"

"去见了一个过去的朋友。弄点茶泡饭就可以了。"

有津换上和服,坐在桌子前打开晚报。牧枝在厨房做好饭端了过来。他边看报纸边拿起筷子。

有津饭吃到一半时,牧枝在一旁看着他说:"今晚志贺来了。"

"到这里来了?"

"大概是七点吧。他打来电话找你,我说你不在。听他的口气像是有什么急事。因此……"

"……"

"他说想谈谈苑子的事情,我以为你很快会回来,所以就叫他来了。"

有津看着报纸问牧枝:"那他说什么了?"

"志贺说不知道苑子租公寓住的事情。"

"苑子没有和他商量?"

"是的。"

"可是,你不是说苑子是为了想和他自由见面吗?"

"我确实以为是这样,可是志贺说他最近很少和苑子见面。"

"那苑子每天晚上都到什么地方去?"

"听志贺说,苑子好像又有了一个喜欢的人。"

"不会吧？"

"看样子志贺不像是在撒谎，他没必要对我们撒谎。"

有津放下报纸，抱起胳膊。他不明白年轻人在想什么，想做什么。他朝二楼看了看："她回来了？"

"没有。"

"志贺怎么知道她在和另一个男人交往？"

"这个，志贺也没明说，只说苑子最近有些不太对劲儿。"

"不对劲儿？"

"说是苑子经常爽约，感觉在回避他。"

"真的？"有津喝着茶，心想也许这就是以前志贺想说但没说出口的事情，"我也曾问过他。"

"什么时候？"

"十几天前。当时他话说得很奇怪。"

"他说什么了？"

"说喜欢苑子，但还没考虑结婚。"

"他居然那么说？"

"你不要急！"

"为什么？他们俩应该已经发生过肉体关系了。"

"有了肉体关系，也许才会那样想。"

"可是，苑子是个女人，和男人不一样。志贺说为什么了吗？"

"我没进一步问他。也许问题出在苑子的态度上。"

"你真够粗心的。"牧枝焦急不安地擦起桌子来。

"苑子是家里最小的，从小把她惯坏了。"

有津重新拿起报纸来看。这时，外面传来停车声，接着门铃响了起来。

"是苑子回来了。"

牧枝给有津使了个眼色。苑子的房间在二楼，她要去二楼的话必须经过两个人所在的客厅。一阵窸窸窣窣的声音过后，脚步声离他们越来越近。牧枝像等待已久似的说："苑子！"

脚步声停了下来。过了一会儿,拉门外传来苑子的声音:"什么事?"

"吃饭了吗?"

"吃过了。"

"你来一下。"

"什么事?"

"就几句话。"

牧枝拉开拉门。苑子在门前站着,她的脸微微发红,卷曲的头发有些乱。

"苑子!已经十一点了!"

"……"

"一个学生,每天这么晚才回来,都到哪儿去了?"

苑子把脸扭了过去,她那超短裙里露出来的两条细腿很是好看。有津从苑子的大腿上嗅到了男人的气味。

"姐姐担心你,最近都睡不着觉了。"

苑子夹着文件夹,一言不发。

"来,坐这儿!"

"今天我累了。明天再说,行吗?"

"今晚志贺来了。"

牧枝的这句话一下子引起了苑子的注意。

"他说和你处得不好。这是真的吗?"

苑子仍然侧着身子,微微上翘的鼻子很可爱。

"你们俩是不是吵架了?"

"……"

"你是不是喜欢上别人了?"牧枝看着歪着身子站在那里的苑子说,"你还是个学生。"

"我今天累了。明天再说吧。"

"苑子!"

苑子转身朝楼梯走去,留下一串咚咚的脚步声。拉门大开着,走廊里的地板反射着黑光。

牧枝生气地拉上拉门,重新坐下后对有津说:"都成这样了。你明天一定要好好问问她。"

有津抱着胳膊,想着佐衣子的事。

六

下午三点,宗宫佐衣子从圆山的家里出来,直接去了四町目。四町目是战前大街和南一条大街交会的十字路口,是札幌行人最多的地方。佐衣子在路口的拐角处下了车,走进了拐角处的三越百货商店。刚进入六月,商场的橱窗里已经展出了五颜六色的连衣裙和衬衣。

离傍晚还有一段时间,商店里顾客不太多。佐衣子朝左侧的领带柜台走去。店内的广播在嘈杂声中介绍着正在进行的促销活动。

"欢迎光临!"

见佐衣子停下脚步,店员立刻迎了过来。

"您是要送人吗?"

"是的。"

"请问对方多大年纪?"

"三十四五岁吧。"

"请您稍等。"

看着柜台里的领带,佐衣子突然意识到自己已经很久没有来买过领带了。

和丈夫订婚时,她曾一个人来买过一次领带,也是在这家商店。当时,山上还有积雪。这么说应该是比现在早一些时候,也许是四月末吧。她甚至还记得当时买的领带是丝绸的,淡蓝色配有白色条纹的。那已经是十年前的事情了。

"您看这个款式合适吗？"

女店员在柜台上放了两条领带，一条是藏青的底色配"二"字形白线，一条是有格子花纹的。

女店员拿起藏青色带白色条纹的领带，在自己胸前比画着说：

"这个款式很清爽，我觉得很适合。"

佐衣子想象着领带上面有津的脸。

"如果是这种格纹款式的，就比较难说。"

"你是说……"

"因为这个款式的花纹大，可能不适合喜欢素净的先生。"

佐衣子想，有津不胖，但身体很结实，不像她曾经的丈夫那样单薄无力。

"如果喜欢稳重型的，我觉得这一款不错。"

说着，女店员又拿出两款其他样式的，是带细条纹的西阵织。

"我觉得这是精品。"

佐衣子看了一会儿店员手里的领带，又把目光转向了柜台。这款领带确实显得稳重，但过于朴素。女店员没办法，又把领带放了回去。

柜台右侧有一款领带，淡黄色里透出暗红色斑点，织法像麻织品一样粗。

佐衣子指着那款领带说：

"给我看看那款领带。"

女店员从玻璃柜里把领带拿了出来。佐衣子问店员：

"你觉得怎么样？"

"这款很漂亮。"

"会不会显得太年轻？"

"不，红色在深处，所以即便是四十岁的人戴上也挺合适。"

"那就要这一款吧。"

"好的。"

店员拿着领带朝收银台走去。

为什么要买领带呢？

接过装着领带的盒子后，佐衣子又不踏实起来。

是作为他送给我书的谢礼。

从家里出来时，佐衣子这样说给自己听。她觉得这个理由很充分，但当把领带拿在手里时，又觉得自己做了一件多余的事。

这事是不是做得过头了？

走在路上，佐衣子对自己这样的行为感到不安。

她到植物园时，有津不在办公室。

曾见过佐衣子一次的志贺说："他马上就回来。要不我去叫他？"

"要是有工作上的事情，就不用叫他了。"

"他就在这栋楼后面。要不我带您去看看？"

"太麻烦您了，我就在这儿等着吧。"

早晨已经打电话告诉有津自己下午来，他应该知道的。

"说是工作，其实就是在观察水池。"

"观察水池？"

"水池里埋着泥炭。要不您也去看看？"

佐衣子知道有津在研究泥炭，但她还没见过泥炭。

"您真的方便吗？"

"没关系。方便。"

志贺起身朝外走去，佐衣子跟在他身后。初夏的阳光把白色的外墙照得很亮。踏着茂密树枝下潮湿的黑土，两人来到了办公楼后面。一条小路两旁长满了白蜡树，走过小路，他们前面是一小块草地。

志贺朝有津喊道："有津老师！有客人找您！我把她带来了。"

佐衣子抬头看去，只见土当归叶子里露出了有津的脸。

"谢谢你！"

草地的中间有一个五米见方的水池。有津站在水池边上。

"我没有打扰您吧？"

"说哪里话。我只是在这儿看看。"

"那我回办公室了。"

说着,志贺顺着来时的小路往回走。看到志贺的身影消失在白蜡树的树丛里后,佐衣子说:

"我本想在您的房间等您。"

"偶尔在外边说说话也不错。除了这里的工作人员,其他人是不到这里来的。"

以水池为中心,约三十平方米的草地上都是深深的杂草,杂草外围是茂密的树木。

"泥炭是什么样子?"

"这水池下面就是泥炭。"

说是水池,其实里面只有很浅的一点水,水下的土壤被分割成铺路石大小的方块。

"那些土就是泥炭?"

"眼前这几块来自札幌附近的篠津泥炭地。"

"泥炭也有不同的分类吗?"

"根据生成泥炭的土地的不同,泥炭也有各种类型。右边那部分是千岁川流域的,再往前那部分是萨老白茨原野的,前不久我曾开车到过那里。颜色较黑的是第一层泥炭。"

"泥炭的颜色还不一样?"

"泥炭层不同,颜色也不同。它旁边的泥炭是不是带点褐色?那是第二层,是曜西产的,里面含有大量的矿物质土壤。"

听了有津的介绍,佐衣子仍然觉得泥炭都是一样的。

"第二层大体上都是距地表十二到三十厘米的部分,这层泥炭里含有百分之六十的有机物。"

有津把手伸进水池里揪下一块泥炭说:

"这里面混有死去的植物。"

有津像摆弄宝贝似的,小心翼翼地把手掌上的泥块捏碎。

"我记得它会燃烧的。"

"是的。战争时期,燃料不足时,曾用它做燃料。"

关于泥炭的知识,佐衣子也就知道这些。她说:

"泥炭究竟是什么东西?"

"要给它下一个专门的定义是很难的。简单点可以这样说,它是未完全腐烂的植物自然堆积起来的土壤,里面有机物的含量不低于百分之五十。"

"只有北海道才有吗?"

"库页岛和中国东北部也有。总体上说,泥炭多存在于寒冷地带的河流流域。"

佐衣子也学着有津的样子,蹲在水池边,将手伸进水池摸了摸泥炭。

"泥炭是怎么形成的?"

"由于寒冷的天气阻碍了有机物的完全分解,加上地下根茎的生长及落叶的腐殖,三种因素的共同作用使得泥炭形成。这种土壤排水性差,作物难以生长。"

"可是,札幌这一带不是什么都可以种植吗?"

"不是的。北海道变成今天这样的状况,是花了很大的代价的。要在泥炭上面覆盖叫作'客土'的好土壤,想办法进行排水和施肥等,付出了许多劳动。"

"是吗?"

"那些看似平常的土壤里,包含着北海道的开拓者所付出的难以估量的艰辛。北海道的农业史就是泥炭的开发史。"

有津把捏碎的曜西泥炭又轻轻放回水池。

说了些无聊的话。

有津像是突然发觉和佐衣子在一起似的,洗了洗被泥炭弄脏的手,然后掏出手绢擦了擦。周围的树枝在微风中摇动。

"我今天来是为了答谢您。"

"答谢?"

"上次您送书给我了。"

"那是我多余的一本书。"

有津的喉结就在佐衣子眼前。

"这个请您收下。"

有津接过佐衣子递过来的细长盒子,问道:

"是什么?"

"是领带。如果您不喜欢,请换其他款式。"

"你何必这么客气。"

有津有些惊喜地看着佐衣子:

"可以打开看看吗?"

"可以的。请您打开吧。"

在树林深处,有津打开了盒子。佐衣子把脸侧向一旁。水池里的泥炭在闪着光。

"这领带很好看。"

听到有津的话,佐衣子回过头来。在初夏的阳光下,有津把领带放在胸前比画着。

"怎么样?合适吗?"

"非常合适。"

浅黄带暗红色斑点的领带放在有津轮廓清晰的脸下面,十分好看。原来不明显的暗红色,在室外的阳光下也明显了许多。看着领带上的暗红斑点,佐衣子脸红了。

"那我就不客气地收下了。"

有津把领带放回盒子,开始朝小路走,继而问道:

"纪彦好吗?"

"托您的福,他的病全好了。"

"那太好了。"

有津想起了血型的事情。他想问,但又难以问出口。

"纪彦已经把您那本书读完了。"

"是吗?"

"他说很受教育。"

"我打算下次再写时,把它改成有精美插图的。"

一只蝉鸣叫着飞过来,落在枫树上。两人从杜鹃花旁穿过,来到办公楼前。

有津说:"到屋里坐会儿吧。"

"不了,我要回去了。"

"到屋里坐一会儿,没关系吧?"

"可是,今天我来时就准备很快回去的。"

一个园丁推着割草机朝这边走来。

"我们俩就这么站着可不太好。"

佐衣子只好跟在有津后面,登上了去他办公室的台阶。她边走边想着:都怪那个推割草机的园丁。

进了房间,打开绿色的窗帘后,有津说:

"这月中旬我要离开札幌一段时间。"

"您要去哪里?"

"去萨老白茨原野。"

"是关于泥炭的工作吗?"

"参加开发局组织的综合调查班。"

"去多久?"

"计划去一个月。"

"要去那么长时间?"

"也许中间会回来一两次,不过必须马上返回。"

"很远吧?"

"在天盐川的河口,稚内附近。"

佐衣子没有去过稚内,从札幌乘特快车也要花七个小时才能到那里,她突然感到了些许孤独。

"为了准备这次活动,今天下午五点要和大学方面进行简单的商谈,一个小时就结束了。"

"那我先告辞了。"

说着,佐衣子慌忙站起身来。

有津直盯着佐衣子说:

"你能不能在大街上某个地方转转,等我办完事回来?"

"可是……"

"有件事我想和你谈谈。"

"什么事?"

"到时候再……"有津看了看办公桌上的座钟,已经五点了。

"那我下次再来吧。"

"什么时候?"

"就这几天。"

"那就后天晚上七点吧。"

"好的。"

"你知道'崎劳璐'吧?我们在那儿见面吧。"有津说了薄野附近的一个大茶室的名字,"你看行吗?"

佐衣子看着有津的喉头回答:

"好的。"

佐衣子到家时已经下午五点半了,纪彦出去玩耍还没回家。

母亲从客厅的柜子上拿来一封信递给她:"你的快件。"

是她的婆婆宗宫重写来的信。佐衣子连衣服也没换,就在桌前读起信来。信里简单地介绍了近况,说东京正值梅雨季节,让人很郁闷。接着就转入正题,说还是不能同意纪彦和奶奶家脱离户籍关系。信里说:"如果你非要和我们脱离户籍关系,那就请你至少把纪彦留下来。"剩下的内容全是关于纪彦的。

母亲估计佐衣子读完了信,在厨房里问道:

"信里都说了些什么?"

佐衣子看着傍晚明亮的院子说：

"还是说不想放弃纪彦。"

"怎么现在又说这样的话？上次你去东京和她谈时，她不是已经答应了吗？"

"她仔细考虑后又改变主意了。"

"那么，她是不是说你可以脱离他们的户籍？"

"好像是这个意思。"

"那不是要你们母子分离吗？"母亲从厨房出来，坐到佐衣子面前说，"纪彦不是太可怜了吗？"

的确是这样，但佐衣子觉得婆婆的心情也是可以理解的。

"说好的事情又反悔，是不是不地道？"

"不是地道不地道或反悔的问题，关键是她不想放弃纪彦。"

"莫非你也想回去吗？回到那个没有了克彦只有婆婆的家里去吗？"

"妈！我可没这样说！"

娘家只有上了年纪的父母和比佐衣子小五岁还没成家的弟弟。佐衣子和纪彦的到来，才好不容易使这个家有了欢声笑语。这个时候，母亲不想让纪彦回东京，她的心情也是可以理解的。

"她说她的，你没必要给她回信。因为她曾明确说过可以除去你的户籍。"

"婆婆很孤独。"

"可是她没有权利因为自己孤独就束缚纪彦和你的未来。"

佐衣子看着窗外，她觉得户籍的事情已经无所谓了。

母亲很无奈地说：

"可是，这实在很可笑。她和纪彦一点血缘关系都没有，仅仅是户籍在她家……"

佐衣子觉得母亲这话说得倒也是。

母亲说："到时候也许明确告诉她为好。"

"告诉她什么?"

"纪彦的户籍问题。"

院子右侧的枫树前有一棵紫丁香树。佐衣子觉得枫树的繁茂反而衬得紫丁香花的紫色更加显眼。

七

星期六的傍晚,佐衣子坐在房间里的镜子前。从窗上的树影来看,太阳已经西斜了,她回头看了看柜子上的钟,已经过了六点。

佐衣子扎好和服的腰带,从腋下的开口处伸进手去整了整衣服。这时拉门打开了,是纪彦。

"妈妈,您要出去吗?"

"是的,要出去一下。"

"我也去。"

"不行。今天妈妈有工作,必须一个人去。"

"不!我也要去!"

"和姥姥在家!妈妈回来时给你带好东西。"

"那您几点回来?"

"大概九点。"

说着,佐衣子低下了眼睛。为了去见有津而编造谎话让她有些不踏实,她压低了声音说:

"好孩子,听妈妈的话。"

"那您要给我买零战的塑料飞机。"

"零战?"

"对!是日本的飞机。"

为了突出胸部,佐衣子把乳头旁边衣服的皱褶拽平后才系上带子。

"妈妈明白了吗?"

"明白了!"

和妈妈说好后,纪彦还站在门口不走。佐衣子感觉纪彦在看着她。

"去玩吧!"

"那就真的拜托妈妈了。"

"知道了。"

纪彦刚要往外走,突然回过头来,像是想起了什么。

"妈妈真的九点回来吗?"

"为什么问这样的问题?"

"我不睡觉,等妈妈回来。"

"你睡你的觉吧。"

"不!"

佐衣子很快就明白了纪彦的心思。

"你都这么大了,还不敢一个人睡,这怎么行?"

"可是我……"

"不行,大家会笑话你的。"

"好吧!"

纪彦跳下走廊跑走了,纪彦的胆子小,也许和他没有父亲有关。可话又说回来,她为什么要不惜撒谎而外出呢?

正在照镜子的佐衣子有些犹豫,她想取消和有津的约会,可是整理衣服的手却停不下来。

她穿的和服是金黄色配黄绿色的手工捻线绸制成的,外扎土布腰带。穿着整齐后的佐衣子这才下定了决心。

"妈妈,我去啦!"

在厨房准备晚饭的母亲送她到门口说:"不要回来太晚。"

"是几个老朋友聚会,只是说说话。"

佐衣子感到很难受,跟母亲打声招呼也要撒谎。

佐衣子到达崎劳璐时,有津已经等在那里了。桌子上的烟灰缸里放着一支烟蒂,杯子里的咖啡也只剩下半杯了。

"您等我很久了？"

"不不,是我来得太早了。"

佐衣子抬头看看表,已经是七点十分了。

"还没吃晚饭吧？"

"嗯,还没吃。"

"那我们去吃饭吧。你喜欢吃什么？"

"我吃什么都行。"

有津说:"说实话,我还是喜欢日本菜。"

"那您上次……"

"我以为你喜欢西餐,因为是第一次见面,所以我就硬撑着要了西餐。"

佐衣子笑着低下头说:"那太不好意思了。"

"我知道一个小饭馆,地方不大。请你陪我去那里,好吗？"

说着,有津拿着结账单先站了起来。

"我来结账吧。"

"不用,不必客气。"

傍晚的大街上还有一些太阳的余光。可能是星期六的缘故,街上有很多年轻的情侣。佐衣子跟在有津身后两三米的地方,沿薄野电车路旁边的小路往右拐,大约走到街道的中部,就是他们要去的饭馆。店门口的布帘上写着"球藻"。

"欢迎光临！"

刚一进门,就传来厨师长底气很足的招呼声。

"不知楼上有没有空位？"

"有空位,请上楼。"

一楼竖着摆着长长的条桌,基本已经坐满了客人。上二楼的楼梯在进门的地方。两人走进一个五平方米左右的小巧的房间,房间的窗户开着,可以看到马路对面店铺的房檐。晚风吹来,佐衣子这才放松下来。

年轻的女服务员来请他们点菜。

"给我上酒。你呢?"

"我喝果汁。"

"不,喝酒好了。要酒。"

"我不会喝酒。"

"吃日本料理不能不喝酒。"

佐衣子觉得有津是在讲歪理。

"你们老板在吧?"

女服务员回答:"是的,老板在。"

"请告诉你们老板,一切由他安排。"

女服务员点了点头,退了出去。

房间里就剩下他们两个人时,有津指着胸前的领带说:

"别人说我戴这个领带很合适。"

佐衣子在茶室见到有津时,就已经注意到他戴的是自己送给他的那条领带。

"谁说的?"

"研究室的那帮人。"

"没给您添麻烦吧?"

"为什么这么说?"

佐衣子是担心有津的妻子。虽然她没有问有津,但她觉得他的妻子应该是个美丽的女人。

"你很有品位。"

"说哪里话。"

"尤其是在对衣物的选择上,特别好。"

"您不要取笑我。"

"不是取笑。"

门开了,一个大块头的男人探进头来。

"欢迎光临！原来是有津先生！"

男子身穿破旧衬衣，下面扎了一条白色围裙。

"我是这里的老板。"

男人用眼神向他们俩表示了欢迎。刹那间，佐衣子感觉像被蛰了一下似的。

有津像对朋友说话似的告诉老板：

"这个月中旬我还要去萨老白茨。"

"那挺好的。我是不是也去呢？"

"你星期六晚上以后来，怎么样？"

"这个……您在那里待多久？"

"计划待到六月底。"

"那我考虑一下吧。"

男子说罢，像是忽然想起什么似的问有津："说是饭菜由我来决定？"

"请你适当地安排吧。"

"那先请你们休息一下。"

男子再次向佐衣子低了低头，离开了房间，紧接着女服务员就端来了酒和下酒的小菜。

有津告诉佐衣子：

"这个老板酷爱打猎。我是在萨老白茨原野上遇到他的，那时他在打野鸭。"

有津往佐衣子的酒杯里倒酒，佐衣子也慌忙给有津倒酒。

"他扛着猎枪，慢腾腾地来到我们观察泥炭的试验区，当时我训斥了他一顿，他好像也不清楚我为什么训斥他。"

"没有竖上'禁止入内'的牌子吗？"

"有那么一两块牌子吧。那么大一片湿地原野，所以他很难知道那里是禁止进入的。"

对于虽然住在北海道，但除了札幌外什么地方都不了解的佐衣子来说,萨老白茨是片她难以想象的土地。

"这位老板当时说,在这样的地方搞研究,骗谁呢。"

佐衣子问:"在那个原野上都做些什么研究?"

"做各种研究。简单地说,首先在泥炭地上修排水沟。在降低水位的同时,调查一定区域内植物的生长发育状况以及土壤的变化情况等。"

"那工作一定很辛苦。"

"不,比起在城市里,那里的工作轻松多了。"

女服务员端上菜来。她把青甘鱼和生鱼片、涮杯筷的水,还有竹笋和鳕鱼子拼盘等摆到桌上后就出去了。

"请!"

佐衣子喝了第二杯酒,她觉得酒的口感好得出奇。

"隔海能看到利尻富士町。"

"您是说从那里的原野上?"

"对。傍晚,天空变成名副其实的七彩,然后慢慢暗下去。"

佐衣子开始想象和海相连的原野,想象着和有津一起站在那里,她知道她身体的最深处已经开始发热。

门外面传来两三个人的脚步声,佐衣子能听到他们热闹的欢笑声,看样子其他房间也都有了客人。女服务员又端来了带壳烤海螺和双色鸡蛋,然后问道:

"请问需要什么主食?"

佐衣子说:"我不要主食了。"

"是吗?那我也不要了。请再加酒。"

已经是第四壶酒了,多半都是有津喝的。

"和你在一起,觉得酒特别好喝。"

"那我就像是生鱼片的佐料吧?"

"我不是这个意思。"

佐衣子抬眼看着有津:"您有事想问我,是什么事?"

"也不是什么正儿八经的事。"

有津有了醉意。这个女人是不是真的接受了自己的精子？他觉得是真的，但又想确认一下。佐衣子听到他的问话，会是什么样的表情？他想看看佐衣子的狼狈相，这残忍的欲望在他体内逐步扩展。

"您先生去世了？"

"是的。"

佐衣子眼睛直直地看着有津，既惊讶又窘迫，那眼神似乎在说："为什么要问这个问题？"

"他是什么时候去世的？"

"两年前。"

"原来在什么地方工作？"

"这个……"

"是在公司？"

有津开始在脑海里勾画这个没有能力让妻子怀孕的男人的面孔，但那面孔就像是一张白纸，让他无从想象。但是，这对有津来说，倒是一件好事，那男人的性能力不如自己，这种想法给了他自信，让他很是放心。

"要不就是在大学？"

"哦。"

佐衣子的回答让他不明所以。谈到丈夫，她一下子变得沉默寡言，看样子她不愿再触及过去的伤痛。毫无疑问，人工授精伤害了佐衣子。

"纪彦是不是像他父亲？"

有津的这次追问让佐衣子垂下了眼睛，但他仍沉浸在穷追猛打的快感中。

有津又继续问道："非常像他父亲吧？"

佐衣子用手帕捂住了眼睛。

"你怎么了？"

佐衣子小声说："没什么。我有些喝多了。"

说罢，她用手帕捂着眼睛，靠到了墙上。

"你不要紧吧？那我们出去吧。"

"我休息一会儿就好了。"

"我叫人端杯水来吧?"

"不用了,没关系。"

佐衣子侧身坐着,用手帕捂着额头,呼吸急促,这从她和服腰带的上下起伏就可以看出来。说是喝了酒,其实佐衣子只喝了两小杯。就算她酒量不行,喝那么点酒也不会醉。她现在的这种样子,与其说是因为酒,倒不如说是因为有津的提问。有津有些后悔,不该趁着酒兴追问那些问题。

女服务员送来一杯冰水。

"你喝点冰水试试。"

有津接过杯子递给佐衣子。

佐衣子闭着眼睛,一口气把水喝了下去。

"给您添麻烦了。"

"不不,是我太强人所难了。"

"能不能请您帮我叫辆车?"

"你要回去吗?"

"是的。谢谢您的款待!"

"太遗憾了。"

"我感到非常愉快。"

佐衣子虽然话说得非常有礼貌,但实际上有些不愉快。

"那我送送你吧。"

"不,我一个人回去。"

"我和你是同一个方向,我送你。"

"那就……"

上了车,和佐衣子并排坐在一起,有津明显感到自己有得到佐衣子肉体的欲望。如果不是驾驶员在车里,他真想紧紧抱住佐衣子。

他竭力控制自己的欲望,用干涸的嗓子问佐衣子:"你还会再见我吗?"

佐衣子点点头："嗯。"

她脸上有一种令人难以接近的严肃。

"我能再给你打电话吗？"

"可以。"

车子快到山脚下的公园了。过了第一个路灯，佐衣子说："就在那里停车吧。"

司机踩了刹车，停了下来。

"你家是这里吗？"

"不，还在前面。我想走走，清醒一下再回家。"

"那我也下车吧。"

"不用了。我家就在附近。没关系。"

有津不由分说地付钱并下了车。夜晚有些微风，尽管快到夏天了，但风仍是冷飕飕的。路灯那边有一片密密的松树林，山脚下的住宅区静悄悄的，一点声音都没有。

"你家是在前面那里吧？"

"前面向右拐就到了。"

只有两人的脚步声在夜空里回荡。向右拐进通往佐衣子家的路，有津看到前面是一排栎树篱笆墙，墙那边的门灯在闪。

佐衣子转过身来说："那我们再见吧。"

夜色中，佐衣子的脸白白的。有津一下子用双臂抱住了佐衣子，这与其说是有意识的举动，倒不如说是本能促使他这样做的。

"不！"

佐衣子在有津的怀抱里剧烈地扭动着，但当有津的嘴唇碰到她的唇时，佐衣子顿时停止了扭动，像是改变了想法似的把嘴给了有津。

两人都觉得吻了很长时间，但其实不足三十秒钟。因为发觉背后有汽车开过来，有津慌忙松开了佐衣子，佐衣子也慌忙用手捂住了脸。那辆汽车穿过马路，消失在夜色中。没有了汽车的声音，两人又回到寂静中。佐衣子理了理头发，朝前走去。

有津问她:"你还会见我吧?"

佐衣子没有回答,身影消失在门灯里。有津闻到了夹杂在青草味里的紫丁香的花香。

八

宫之森一带的早晨是从鸟的鸣叫声开始的。北海道神宫,按照过去的说法叫作"官家神社",神宫深处的森林即宫之森。受昭和三十年(1955年)前后住宅开发热的影响,森林也被开发成了住宅区。与圆山、山鼻这样的老住宅区相比,宫之森算是札幌的新兴住宅区。

星期天上午九点,有津醒来后躺在床上看报纸。窗外阳光普照,又能悠闲地在床上读报,这让他觉得很惬意。妻子和女儿久美子一小时前就起床了。他能听到客厅里时不时传来的久美子的声音。

报纸上没有什么特别消息。他浏览了一下报纸,并不想仔细去读,但还是在盯着报纸。他已没有了睡意,但又不想起床,就想这样待着,但这并不是单纯的待着——从醒来那一刻开始,他心里始终在想着一个人。

佐衣子她……

有津往旁边看了看,紧挨着他的是妻子的被子,再往那边是久美子的。妻子的枕边放着叠得很整齐的睡衣。阳光像灯柱一样透过窗帘的接缝处照进屋里。

有津更大胆地想起佐衣子来。他昨晚十点多回到家,简单地吃了些夜宵,看了看晚报,又看了会儿电视就睡了。他比妻子先睡,又比妻子晚起。他的身体在想着佐衣子,但妻子似乎并没有觉察到。

有津在考虑:自己为什么那样做?

昨晚原本没有抱吻佐衣子的心思，只想和她吃顿晚饭，好好说说话，仅此而已。他也不清楚为什么最后会发展成那样。

在茶室相会，又到一个小饭馆喝了酒，有津喝得很开心，佐衣子看上去也很愉快。这些都很正常。

当时佐衣子的脸就在他面前。他觉得很美，可突然有一种想刨根问底的冲动。他就是想问那个问题，换个说法也许就是想折磨佐衣子。

"纪彦像他父亲吧？"

从他那句话出口之后，佐衣子就乱了方寸。她突然脸色发红，像是喝醉了似的垂下眼睛，眼神怯生生的。从那一刻开始，佐衣子似乎失去了所有的抵抗能力。

说对佐衣子没有欲望那是撒谎。

有津确实对佐衣子抱有欲望，一见到她就不想分离。就像地表下面的地热一样，这种欲望一直在有津的内心深处燃烧着。

她的身体苗条而美丽。

虽然隔着衣服，但黑暗中抱着她，有津仍能感觉到她的柔软。

"爸爸！还不起床吗？"

有津转过头来，久美子拉开拉门，从门缝里露出一张脸来。

"嗯，那我起来吧。"

有津像是掩盖心里在想一个人的尴尬似的，轻轻伸了个懒腰。

"懒虫！"

"妈妈呢？"

"妈妈早起床了。"

枕边的手表显示已经九点了。星期天的这个时间起床不算太早，初夏的太阳已经升起好高了。

"快起来！"

"是妈妈叫你来催爸爸起床的吧？"

"嗯，妈妈在做饭呢。"

有津从被窝里爬了起来，看样子只有他还沉浸在昨夜的回忆里。看到有津已经起来,久美子没关拉门就离开了。有津脱去睡衣,从衣柜里拿出单衣穿上,又戴上领带。然后想了想,又打开壁橱,开始收拾被子。若是平时,他都是让妻子给他拿衣服,他也不收拾被子,起床后就到院子里伸伸懒腰,随便走走。他在家要做的就是这些。

"你把被子收起来了?"

有津刚把被子收进壁橱,妻子就进来了。

"是的。"

"我本来想晒被子的。"

"那我再把它拿出来吧。"

妻子话里有话地说:

"算了,难得你收拾一回被子。"

牧枝拉开了窗帘,阳光把屋里照得亮堂堂的。有津偷偷看了眼牧枝,她的表情没有变化。他拿着报纸离开卧室。久美子在看电视里的动画节目。有津原以为只有傍晚才有动画片,这才知道早晨也有动画片。

六月的风吹进屋里,让人觉得很舒适。有津多少还有些困意,心里仍想着佐衣子。妻子从院子里进来,站在厨房水池边。

"久美子!我们去散散步吧。"

"散步……"久美子看着电视说,"可是,这个动画片还没结束呢。"

"动画片不是什么时候都可以看嘛。"

"爸爸!你真的去散步?"

有津平时在家就是躺下来看书,什么都不做,所以久美子好像不太相信父亲的话。

"当然是真的。我们去动物园那里吧。"

从家到动物园,步行要花十几分钟。

"那么,爸爸给我买点什么吧。"

"买什么?"

"串珠。"

"串珠?"

"我要用它做项链。"

"哪里有卖的？"

"'金友'就有。"

"金友"是坡路拐角处的一家杂货店。

"我知道了。走吧。"

久美子恋恋不舍地回头看看电视里的画面，朝厨房里的牧枝喊道："妈妈，我跟爸爸去动物园啦！"

妻子探出头来问父女俩："那早饭怎么办？"

"一会儿回来再吃。"

有津走到门口穿上鞋，来到外面。

"等等我！爸爸！"

久美子从后面追了过来。

牧枝跟久美子说："穿这双鞋。"

"可是，我喜欢这双有带子的鞋。"

"那双你以后外出时可以穿。"

"不！我就喜欢这双嘛。"

"真是个不听话的孩子。"

为了穿什么鞋出去散步，母女俩争了起来。久美子是说怎么样就怎么样，绝不改变，而牧枝也同样如此。有津有些后悔，不该带上久美子，自己一个人出去就好了。

久美子和母亲争论一番后，穿着有带子的皮鞋跑了出来。她抬起一只脚对有津说："爸爸！这双鞋好看吧？"

鞋带交叉的地方装饰着一朵花。有津一直以为女儿只是个小女孩，这才发现女儿已经到了爱美的年纪了，他心里有些不舒服。

从家里去动物园的路两旁是白蜡树的篱笆墙。在初夏阳光的照射下，周围的山显得格外绿。

自己为什么要出来？

看着走在前面的久美子的背影，有津觉得不该出来。他想起了临出门时妻子带有讽刺意味的表情。他觉得妻子的表情里既有吃惊,又有一点淡淡的笑。

不想面对妻子。

他显然是对昨晚的行为感到内疚。他不认为妻子察觉到了他昨晚的事情,但在光线明亮的地方面对妻子,他觉得很压抑。这时候出来散步也是为了逃避妻子。

久美子来过动物园许多次,已经熟悉了动物的情况。什么地方有几只什么动物,她几乎全记得,所以她来动物园与其说是看动物,倒不如说是为了去动物园里的游乐场。

吃罢冰激凌,久美子拉着有津的衣襟说:"爸爸,我们坐这个吧。"

那个游戏的名字叫"咖啡杯",是由形状像咖啡杯一样的厢式座椅组成的,座椅围着旋转轴大范围地旋转,而且座椅本身也会转。咖啡杯的转动速度很快,看似要往右转时,却一下子往左转。这时,久美子就兴奋得大声喊叫。虽然是星期天,但早晨的动物园里游人还很少。坐"咖啡杯"的只有久美子和另外两个小孩子。阳光从榆树枝叶的缝隙里洒了下来。

究竟是怎么回事儿?

看着久美子活泼的笑脸,有津突然有一种奇怪的感觉。父亲和孩子,星期天的早晨在动物园里游玩。孩子在嬉闹,父亲在看着。这样的情景既温馨又和谐,无论谁看了都会觉得高兴,有津却有些害臊。

不对。实际情况不是这样。

这种和谐情景是因为有津内心有愧疚才出现的,他的心情依然沉重。

从"咖啡杯"上下来,久美子又坐了"猴子"驾驶的电车,然后两人从动物园里出来。阳光越来越强,游人也越来越多。

他们挑有树荫的路往山上走,穿过公交车站,走过树木掩映的简易招待所,就到了那个杂货店。按照出门前的承诺,久美子在那里买了一套串珠。

一买了串珠,久美子立刻就改变了态度,对有津说:"我先走啦。"然后就一个人加快脚步朝家里走去。有津则把手插进腰带里,慢慢地跟在后面。已经十点多了，早饭肯定做好了。有津想象着妻子在客厅里等他的情景。客厅里有桌子，上面摆着饭碗，妻子在盛饭。

佐衣子在做什么？

一个没有任何先兆的念头从有津的脑海里掠过。他正在想和妻子之间的事情，却突然想起佐衣子，他自己也感到意外。这是个奇怪的念头，这和他对妻子的想象没有任何关系。虽然有津觉得这种念头很不好，但他很快就喜欢上了。

路两侧的树木使路看上去变窄了。他朝前看了看，前方已经没有了久美子的身影。

自己在和妻子结合之前，就已经和佐衣子结合了。

有津脑海里出现这个想法，是走在刺槐树下面的时候。十年前佐衣子接受了自己，后来有津曾无数次在想象中强奸过佐衣子，这虽然是想象中的事情，却存在一个不可动摇的事实。

和佐衣子发生关系比和妻子早，因此……

有津又有了一个奇妙的想法。这种想法刚出现时，有津还觉得有些奇怪，一旦这么想了，他又不觉得奇怪了。他自言自语地说：

自己太过于在意这个了。

他拿定了主意，抬起了头，朝栽有许多紫丁香树的路上走去。

九

　　北海道的六月没有梅雨,每天都是大晴天,空气干干的,完全没有东京那种阴郁的感觉。然而,晴好的天空对佐衣子而言则意味着不安,太蓝的天空没有地方停留,所有的一切都暴露无遗,没有了遮羞的地方。

　　上午,佐衣子把榻榻米掀起来,打扫了卫生,处理了一些纪彦生活方面的事情。同时,她心里隐隐约约有一种期待,但到了中午,这种期待感又暂时消失了。

　　下午,她带着纪彦出门,在四丁目附近逛了两家商店,给纪彦买了塑料飞机和塑料坦克——塑料坦克是佐衣子"违约"的结果。然后佐衣子又买了黄褐色的贴身内衣和粉红色的口红。

　　只要买了想要的东西,纪彦就焦急起来。他拉着在首饰柜台前转悠的佐衣子的衣袖说:

　　"妈妈,咱们回家吧。"

　　两人来到外面,天有些阴沉。

　　"咱们散散步吧。"

　　"去哪儿?"

　　"这个……"

　　母子两人越过电车轨道来到对面。到咖啡店门前时,佐衣子说:

　　"咱们要不去植物园看看?"

"是坐车去吗?"

"走着去。"

纪彦不太想去,他好像在心里盘算着回家玩塑料玩具和去植物园哪个更好。

星期天的大街上行人如织,花坛周围的草地上有许多人。过了北一条,走进政府的办公楼群里,周围骤然静了下来。纪彦默默地跟在佐衣子身后。天气虽然不至于热得让人汗流浃背,但是也不凉快。从政府新办公楼向左拐,路两旁栽的是红橡木,前面不远就是植物园的铁门,门前停着染成红白两色的观光巴士。

进进出出的参观人群里有一些穿水兵服的女学生。两人走到观光巴士旁边时,纪彦问佐衣子:"是去见那个老师吗?"

"是。"

"今天是星期天。"

植物园星期天是开门的,但她没有问有津今天是否来上班。

纪彦又说:"见见那个老师也行。"

佐衣子停住了脚步。植物园大门旁边有个小房子,是卖票的地方,进园的人在那里排了一条不太长的队。

有津在不在呢?

佐衣子这才考虑起来这里的理由。从商店出来时她只想来植物园看看,并没有什么特别的理由,无非是想休息一下。但走着走着,她的想法又慢慢发生了变化。离植物园越来越近,她脑海里有津的形象也越来越清晰。

昨夜刚刚见过面就……

佐衣子不敢再看植物园的大门。

纪彦催促她:"妈妈,不进去吗?"

"今天不进去了。"

"为什么?我们好不容易来了。"

"可是,今天是星期天,那个老师不在。"

纪彦默默点了点头。对于纪彦来说，这原本就是无所谓的事情。

"老师在的时候我们再来，可以请教他许多问题。你说好不好？"

佐衣子嘴上虽这样说，但心里想的正好相反。

佐衣子家门口的紫丁香花开得正盛。一簇簇的花挤在一起，花枝攀过枥树篱笆墙伸到了门外的路上。她家门口有三棵紫丁香树，院子里也有两棵，大门口的是紫色的，篱笆墙里边一点的是白色的。

有津曾告诉她，紫丁香花中的紫色象征着初恋的感动和情趣，白色象征着年轻的喜悦和年幼的天真无邪。丁香花似乎都以年轻、青春为主题。仔细观察的话会发现，紫丁香花的颜色里确实有一种独特的淡色。

这就是"青春"的喜悦和痛苦吗？

佐衣子发现自己变得对什么都敏感起来。

佐衣子一进门就问母亲："没有电话来吗？"

"没有，没什么电话来。"

"哦。"

佐衣子心想，不可能有电话的。纪彦迫不及待地在客厅里打开他的塑料玩具，在医学系研究生院读书的佐衣子的弟弟也在一旁帮忙。离吃晚饭的时间还早。

佐衣子在里屋换衣服，母亲走了进来。佐衣子照着镜子问母亲：

"什么事，妈妈？"

"给东京写回信没有？"

"没，还没有。"

"东京那边是用快件寄的信，所以你还是快点给她回封信吧。"

佐衣子没回答母亲的话，仍在解衣带。

"你不会是犹豫不决吧？"

"不是。妈妈为什么这样说？"

"因为你迟迟不写回信。"

"可是，急与不急都一样。"

"不要让人家误以为我们会答应。"

"我没有那种想法。"

"那就好。"

"她说那样的话,我们就是马上表示反对也解决不了问题。"

"也许是这样。"

佐衣子转过身去,心想,真麻烦。

"其实在纪彦转学过来之前,你就应该把这些事办好。"

"可是……"

"因为纪彦开始时用他们家的姓,再改成咱们家的姓,这对孩子不太好。"

"可是,要是把这些事都办好,我就得一直在东京待着。"

"那倒也是。"

"就这样下去,那边总有一天会死心的。"

"可是,那边也会很孤独。"

母亲一边要她尽快脱离对方的户籍,一边又同情起对方来。

"您这样说,我很为难。"

佐衣子换上夹衣,坐到梳妆台前的圆凳上。

"你要是有什么不方便,我想是不是请富樫去东京一趟。"

富樫是克彦和佐衣子的婚姻介绍人。

"你看行不行?"

"他去也解决不了什么问题。"

"不至于吧?他对我们双方的情况都很了解。"

"正因为这样才更不行。无论谁出面,不行的还是不行。"

"可是,你……"

"妈妈,再稍微等等看吧。以后我再去东京一次吧。"

"你上次去东京不是也没解决问题嘛!"

"可是,她会渐渐想明白的。我知道她会明白的。"

"真是那样就好……"

"您不要着急。"

佐衣子看着树枝映在拉窗上的倒影。

"要脱离他们家的户籍的话,就快点脱离。"停顿了一下,母亲又说,"不是还要考虑再婚的对象嘛。"

佐衣子突然抬高嗓门:"再婚?"

"是。"

"您是说我再婚?"

"本来就要考虑的。"

"……"

"你们母子不可能永远住在这个家里吧?"

"妈妈,您是要赶我们走吗?"

"你胡说些什么? 我不是说你们住在这里我有什么不方便。你们愿意住可以一直住下去。"

"不,那倒也不是……"

"可是,你才三十几岁,总不能一辈子就这样过下去吧?"

"我无所谓。"

"你嘴里说无所谓,可并非什么问题都解决了。"

"妈妈说的问题是指什么?"

"不是还有解决不了的问题吗?"

母亲好像在说一个常识性的问题,这常识里似乎包含着母亲以前的几代人的智慧。

"我不懂妈妈在说什么。"

"而且,我们也不会一直活着。"

"妈妈!"

"我们死了,你一个人怎么生活?"

佐衣子避开了母亲的眼睛。她并不是没有考虑过这个问题,但她害怕深入考虑下去。

"要是有个合适的人就好了。"

佐衣子想起了有津,他现在可能正在跟他的妻子说话,她突然很生气。

十

一整天都是大晴天。天气好得让人待在家里觉得很可惜。下午,有津开始为几天后的萨老白茨之行做准备。他抽出去年去那里的数据,把其中有用的进行归纳整理,还收拾了一下好久不用的睡袋和野炊工具等。每当他要去野外时,他总有一种回到学生时代的感觉。

傍晚,牧枝去参加高中同学的聚会。牧枝从初中到高中再到大学,都是在私立的女子学校念书。有津则在公办高中经历了男女同班学习的生活。在男人堆里摸爬滚打出来的女生已经没有多少女人味了,而牧枝是在全是女生的学校里成长起来的,这点吸引了有津。结婚后,牧枝却常说"净是女生的学校很乏味"。一想到一群乏味的人聚在一起交谈的情形,有津就觉得很可笑。

临出门前,牧枝把晚饭的做法交代给苑子:"这个稍微炒一下,不要炒得太狠,然后记住把茄子竖着切成两半。"

并排站在厨房水池旁边的姐妹俩,最近不太说话。虽然两人争吵过,但姐妹毕竟是姐妹。

慢慢西沉的太阳把天空染成了红色。

有津在房间里读去年开发局下发的《萨老白茨综合调查概要》。

二、群落的构成与分布

A 沙丘群落

沙丘的数量因地而异。在稚内一带至少有六道沙丘。各道沙丘之间有狭长的沼泽或湿地。沼泽里生长着虾夷杜鹃草、根室萍蓬草等。沼泽边缘地带长满了芦苇、大叶蓑衣草等。湿地化地带则长满了芦苇、岩野茅草等。但有些地方则是高含量的泥炭占据优势。海岸草原群落只在第一道沙丘的背面有若干,优势不明显。

有津正在看这些文件,苑子敲了敲拉门,探进头来:"姐夫,晚饭做好了。"

"知道了。"

有津丢下资料来到餐厅,久美子已经坐在饭桌前开始吃饭了。苑子马上给有津盛饭盛汤。她穿着平时常穿的毛衣,系着牧枝的白色围裙。苑子又是给久美子夹鱼肉,又是给有津递碗筷,那样子俨然像个娇滴滴的新娘子。三人第一次在牧枝不在的情况下一起吃饭,有津有些不自在。吃完饭,久美子又坐到了电视机前,有津打开晚报,这时苑子给他端来了茶水。

"谢谢!"

放下茶杯后,苑子有些害羞地缩回了手。有津想起苑子恋爱的事情来。他想起了牧枝说过的话——苑子好像还和别的男人在交往。久美子全神贯注地看着电视,有津把身体转向苑子,问她:"你还是要搬出去住吗?"

苑子停住擦桌子的手。

"听说你要在外面租房子住,是真的吗?"

"是的。"

"什么时候开始租房子？"

"姐姐她……"

"是不是你姐姐不同意？"

苑子用眼睛做了肯定的回答。她的脸很美。

"可是,如果你真的决意租房子住,谁也挡不住。"

"姐夫你同意了？"

"我也不是特别赞成你搬出去住,但你又不是个小孩子,总不能一直把你困在这个家里吧？"

有津嘴上这样说,但心里又想着这话不能让牧枝知道。

"如果可以,我想下个月就搬出去住。"

"租房子的事情有眉目了吗？"

"有了。不过从现在开始,必须找新的地方。"

"你这样,能过得下去吗？"

显然,从经济上说,苑子今后不可能像在有津家这样生活了。苑子看着被电灯照得亮亮的桌子,没有回答他的问话。

"你是不是有了喜欢的人？"

"……"

"一个人喜欢上另一个人不是什么错事,也没有理由说应该爱谁,不应该爱谁。"

这话既是说给苑子听的,也是在为自己辩解。

"我不告诉你姐姐。如果你愿意的话,说给我听听？"

"我……"

话到了嘴边,苑子又咬住了嘴唇。从侧面看,低垂着眼睛的苑子已经不像是个姑娘,倒像是个女人。

"我现在有一个喜欢的人。"

"不是志贺？"

苑子点了点头。果然让牧枝猜着了。

"那个人是……"有津催促她说,"是谁？"

"是个中年人。"

"中年人?"

"他有孩子和妻子。"

"你说什么?"

"可是,我喜欢他,不想离开他。"

苑子的眼神很是坚定。为了掩饰自己的吃惊,有津深呼吸了一下,然后再次端详起苑子来。

苑子的睫毛很长。有津看了一眼苑子的脖子,她的脖子看上去还有些稚气。

有津问苑子:"他多大年纪了?"

"和姐夫同岁。"

"和我同岁?"

有津再次看了看苑子。他意识到对面这个女人已经到了可以做自己爱人的年龄。他有些疑惑,喝了口茶。

看到两个人这样面对面坐着,在房间一角的久美子走过来问有津:"爸爸,发生什么事了?"

"没有。什么也没发生。"

"妈妈什么时候回来?"

"快回来了。去看你的电视吧。"

久美子担心地看了看低垂着眼睛的苑子,又回到电视机前。显示屏上还是动画片的画面。

"你们是什么时候认识的?"

"今年年初。"

"他是做什么的?"

"……"

"是在公司上班吗?"

"不是的。"

"那就是自己经营了?"

"目前不好跟姐夫说。"

"和他是在哪里认识的?"

"这也……"

有津点了点头。他想问,但是苑子不想说。他能理解苑子的心情。

"那么,你住的公寓是那个人给你租的?"

"是的。"

"你一开始就知道他有妻室吗?"

苑子点点头。有津点上一支烟,巡视了一下房间,屋里的光线很亮,电视里的画面在快速地变动。明亮的光线和嘈杂的声音反而让有津觉得不安,目前的话题不适合悠闲地在餐厅里谈论。

"你爱他的心情我明白,可是对方是什么态度?"

"他应该也喜欢我。"

"这个,也许吧。"

"他是爱我的。"

"可是,你不是不能和他结婚吗?"

"……"

"连婚姻都不能给你,你觉得可以吗?"

"没关系。"

"没关系?"

"嗯。"

苑子挑战似的抬起了头,她的眼神和妻子的一模一样。

"他妻子没有发觉你们的事情吧?"

"不清楚。"

"你在他那里过过夜吗?"

"我每次再晚都会回来的。"

"是吗?"

苑子的眼神很坚决,似乎并不在乎有津淫靡的想象。

"这让我很为难。"

有津抱着胳膊,一时不知该如何是好。若是过分刺激处于激情中的苑子,可能会把她推向更危险的境地。

"志贺那边怎么样了?"

"他怎么样……"

"你是不是不喜欢他?"

"无所谓喜不喜欢。"

"你对他,一开始就是这样吗?"

"是的。"

有津束手无策了。年轻女人的心思,何时何地如何变化,真是令人难以捉摸。

"你和志贺没什么吧?"

"姐夫是指什么?"

"那种……关系。"

"没有。"

"是吗?"

说来说去,有津还是最在意这件事。

"志贺好像知道你喜欢上别人了。"

"……"

"你不后悔吧?"

"后悔?"

"嗯,和有家室的男人交往,又不能结婚。"

"并不是只有结婚才是爱。"

"可是,如果真的相爱,不是就应该结婚吗?"

"那么,如果姐夫爱上姐姐以外的女人,你会马上和她结婚吗?"

"这个……"

苑子微微抬起头,看着语塞的有津说:"没有理由因为爱就必须结婚。"

"你说得倒也是。"

"我觉得结了婚的两个人未必都相爱。"

从滔滔不绝的苑子身后,有津看到了一个和自己年龄相同的男人的身影,肯定是那个男人让苑子变得这么坚定。苑子爱着那个人,觉得不结婚也没关系。有津忽而觉得苑子很可怜,他还觉得让苑子产生这样想法的那个男人很可恨。

"我明白你的心情,可你毕竟还是个学生。"

"……"

"我不是说爱一个人不对。只是如果不慎重,会毁了你一辈子。"

"我已经反复考虑过了。"

"即便你现在感到很满足,可随着年龄的增加,人的想法是会改变的。"

"只要现在是真的就行了。"

"不能这样做,对待人生必须要慎重。"

"我懂。"

说罢,苑子拿起桌边的抹布使劲儿擦起桌子来。黑色的桌面被她擦得锃亮。有津发现自己说的这些话,不知何时成了极普通的教训人的话,但他也没有其他更好的方法。

"你不想再考虑一下?"

"什么?"

"和那个男人分手的事儿。"

有津很嫉妒那个男人,把苑子拱手送给那个男人,他觉得可惜。

"你还年轻,即使离开那个男人,今后还有许多遇到好男人的机会。"

"姐夫您不要说了。"

"看来你已经下定决心了?"

苑子睁大眼睛点了点头。看她的眼神就知道,她不是在糊弄有津。

随你的便吧,就让那个男人把你引进火坑好了。

有津产生了残酷地念头,这也是他对大胆地闯进爱河的一颗年轻的心的嫉妒。

"总之,如果你考虑得很周到了,那就不妨去试一试。"

"……"

"同时,你要对自己在考虑好的基础上所做的事情负责。"

苑子轻轻点了点头。这时,本来应该在看电视的久美子看了看两人。

"我明白你的心情。但是,我有一句话,请你必须遵守,就是不能中断大学的学业。"

说罢,有津站起身来。低着头的苑子看上去显得很小。他打开拉门朝右侧的书房走去。苑子从后面追过来:"请姐夫不要把今晚的话告诉姐姐。"

"我知道的。"

苑子转身又回到餐厅。有津走进书房,拉开窗帘。黑暗中,玻璃窗上的树影在摇曳。透过树木的间隙,可以看到对面人家的灯光。有津没开灯,坐在椅子上点上一支烟。

那是个什么样的男人?

有津看着烟头上红色的火光,想象起苑子喜欢的那个男人,他应该是一个精力充沛又有经济实力的男人,也可能只是个普通的工薪阶层,在肆意玩弄刚刚二十岁的苑子的肉体。有津的这种想象,既十分淫靡,又非常有真实感。外面响过一阵汽车的喇叭声。

反正和我无关。

有津想起佐衣子来。上次见面由于接了吻,两人的关系迅速亲密起来,但也仅仅发展到接吻的程度。他们彼此接受,迄今为止,两人都很放心,但要想再向前发展,好像还需要点什么。

太笨拙了,像少年似的。

和他们的关系相比,苑子已经和那个男人发生肉体关系了。有津忽然嫉妒起苑子来。

反正我不如苑子勇敢。

对于有津来说,和佐衣子发展到这一步,已经是奇迹了。这是由于自己近四十岁了,还是自己的性格导致的呢,有津自己也不清楚。但有一点是肯定的,似乎是十年前的一个想法,让他变得大胆起来。

那天晚上,牧枝回到家时已经九点多了。牧枝一回来,家里就热闹起来。牧枝那天的聚会和往常的没什么不同,只是多了一个同学参加。有津平时讨厌这种热闹,但因为家里静了一段时间,所以他觉得这种热闹很好,便放下刚拿起来的书,来到餐厅。

有津走进餐厅,坐在沙发上的牧枝告诉他:"田岛、久末她们都来了。"

桌子上放着煎饼和点心盒。久美子坐在牧枝旁边一本正经地喝着茶,苑子在吃煎饼。无论因为什么外出,总要买些吃的回来,这是牧枝的习惯。不仅是牧枝,好像所有的女人都有这样的习惯。

"大家都一年没见面了,后来就说到哪里喝酒去。我想去,但还是回来了。"

"你去了多好。"

"可是那样的话,我得十一二点才能回来。"

"那又有什么关系?"

"那我去了!"

有津忽然发现妻子恢复了青春时的激情。

牧枝问苑子:"我脸红吗?喝了点酒。"

"姐姐这么一说,脸是有些红。"

久美子笑着喊道:"妈妈喝醉啦!"

牧枝问苑子:"晚饭做得好吗?"

苑子看着有津,像是寻求支持似的:"做得挺好的。是吧,姐夫?"

"对。做得挺好吃的。"

牧枝说:"哎呀!我做饭你总是提意见。"

"苑子饭做得就是好。"

"那以后就请苑子每天做饭吧。我出去走走好了。"

苑子稍微看了有津一眼。有津心里清楚,他和苑子之间有了小秘密。

有津和牧枝的卧室在从餐厅往里走的地方。有津整理完文件上床休息时已经深夜,久美子已经进入梦乡。有津喜欢睡前躺在床上看些什么,报纸或杂志都行。他只要读些什么就会入睡。他拿着读了一半的报纸钻进被窝,打开枕边的台灯,房间里就变成了黑暗和明亮两个部分。报纸上也没有什么特别的新闻,只有《千岁机场因雾关闭》这篇报道引起了他的注意。六月到七月上旬是千岁多雾的时候,那里的雾是从苫小牧海岸北上的海雾。

机场大厅一定有很多人。

有津想象起因雾封闭的机场大厅的情况,肯定是周围一片昏暗,唯有大厅里灯火通明。

牧枝关好门窗走进来:"都十二点了。"

她关上卧室的门,换上了睡衣。

"都六月中旬了,还这么冷。"

牧枝轻轻抖了抖被子,钻进被窝。有津背朝着牧枝,依然看着报纸。

"我说,她爸!"

"嗯,什么事?"

"苑子没对你说什么吗?"

"嗯?"有津眼睛离开了报纸。

"我不在家时,苑子没有对你说什么吗?"

"没有说什么。"

"刚才你钻在书房里时,苑子都告诉我了。"

"她都告诉你什么了?"

"说月底前还是要搬出去住。"

"……"

"上次她说要搬出去住,被我训了一顿。我以为她放弃了,没想到她还是要搬出去。真不知道该怎么办才好。"

"依我看,她要搬就让她搬吧。"

"她一个人,到底想怎样?"

"你不是问过她了吗?"

"她只是说搬出去,具体的什么都没有说。"

"那你是怎么跟她说的?"

"我告诉她说,如果你实在想搬出去,我就和你姐夫商量一下。你姐夫不会同意的。"

"是今天晚上说的吗?"

"是。结果她说:'那你和姐夫去商量好了。'你看她多不知天高地厚。"

黑暗中有津屏住了气息。

"你和她谈谈吧,把我们的态度明确地告诉她。"

"怎么跟她说?"

"告诉她说不行。"

"这话我可说不出口。"

"可是,我们是替那丫头的父母管教她的。虽说你跟她没什么血缘关系,但也不能太不负责任了。"

有津觉得现在这种情况对苑子和自己来说都是十分不好的。苑子的情人好像和自己同岁。要不干脆把苑子的实情告诉牧枝吧。牧枝知道实情后不知会多么吃惊,她一定会找到那个男人家里去。

牧枝很有感触地说:"现在的年轻人这么自由,真叫人羡慕。"

虽然牧枝说是替父母管教苑子,但她也有嫉妒苑子年轻的心情。

"算啦,随她去吧!"

牧枝的腿悄悄地碰了碰有津,她的腿又滑又热。有津默默地看着天花板。

"我关灯了。"

"好。"

灯关了,房间里一片黑暗。牧枝的腿在微微挪动,许是好久没外出的缘故,牧枝的身体很兴奋。她和有津的肉体关系原本就不多,近几年就更少了。久美子小的时候,要照顾久美子,她都能够转移精力,现在久美子几乎不需要她照顾了。之前他们两人希望再要个孩子,最好是男孩子,但怀久美子时的妊娠反应让牧枝吃够了苦头,她不想再受那份罪。照顾久美子时,牧枝觉得一个孩子也挺好。一开始是有津想再要一个孩子,现在他已经彻底死心了,认识了佐衣子后,他更坚定了这个决心。然而讽刺的是,有津放弃了再要一个孩子的心思,牧枝却又想再要一个孩子,她已渐渐淡忘了怀孕之苦。

有津知道牧枝想和他亲热,开始时牧枝只是用脚尖碰他,慢慢地整个身子都贴到了他身上。有津感觉到了牧枝的体温,但他不为所动。

不知道苑子睡了没有。

有津脑海里浮现出苑子的侧脸,她紧咬着嘴唇,几乎咬出血来。

在一起的两个人未必相爱。

苑子的这句话又在有津的脑海里复苏了,他想起了佐衣子。

两个爱着其他人的人同住在一个房子里。

他觉得这个家很奇妙,转过身来抱住了充满情欲的牧枝。

十一

佐衣子早晨起来,穿戴整齐后就去准备早饭,然后送纪彦出门。吃完早饭收拾餐具时,来接父亲上班的车就到了。她的父亲是札幌一家银行的董事。送走她的父亲,打扫完卫生,洗完衣服,已经接近中午。母女二人的午饭很简单,母亲喜欢面食,而佐衣子近来有时中午只喝咖啡。午后,读读报纸,看看电视,有一段短暂的休闲时间。不久纪彦就会从学校回来,和他说两三句话,让他换好衣服,接着又到了准备晚饭的时间。食谱由母亲定,佐衣子来做饭。晚饭时母亲、纪彦和佐衣子都在,但父亲和弟弟正树时不时地缺席。吃罢晚饭,收拾完毕,已经是名副其实的夜晚。每天都是这样平淡和安逸,但这种平淡动摇着佐衣子的心。佐衣子做家务时,心思会突然停下来。

那个人在做什么?

她的身体和思想就像是两个人的。离上次见面已经过去一周了,有津一次也没和她联系过。相见时也好,分别时也好,他们从来没有约定过下次见面的时间和地点。

那样的见面,结束就结束了。

她想,接吻的事情,过去就过去了,但她心里又有一种期待。一度消失的想法又死灰复燃了,不仅是复燃,而且越烧越旺,她的这种期待和大脑无关,是身体方面的期待。在丈夫死后进入休眠状态的身体,好像在逐步复苏。她觉得这种过于平淡的日子很痛苦。

　　下午,天空中的云渐渐多起来,太阳日渐西斜。佐衣子回到里屋,从衣柜里把单衣拿出来。在东京时,她从冬天开始就穿厚羊毛单衣。穿单衣和季节无关,是一种时髦的表现。但在札幌,除了夏天,其他季节很少有人穿单衣。六月中旬北海道神宫举行祭日活动的那天,人们会把春装换成夏装,女学生会一律换上白色上衣和藏青色领带的水兵服,已婚的妇女则把夹衣换成单衣。再过几天,这个日子就要到了。

　　虽然佐衣子有毛料的单衣,但她夏天还是喜欢穿绢、绉或上等麻布等做的单衣,穿上这样的衣服才有夏天到来的感觉。她从衣柜里拿出单衣看了起来。在札幌,需要穿喜庆绢衣的日子有几天?穿上这样的衣服去哪里?给谁看?想到这些,佐衣子抬起了头。房间里很昏暗,就好像不是初夏。她起身打开了拉窗。天空中云层很厚,风已经停了。在雨云下面,紫丁香的紫色显得越发浓郁了。

　　傍晚,佐衣子正要出去购物,突然下起了雨。雨下得很急,好像忍了很久似的。

　　母亲从餐厅的窗户里看着外面:"雨下得不太大吧?"

　　"湿乎乎的,就像梅雨季节似的。"

　　"北海道有时也会这样。"

　　"和本州差不多。"

　　"别去超市了。"

　　"我到外面拐角处的店里买些东西应应急吧。"

　　佐衣子撑开伞从厨房来到屋外。被雨一洗,草木显得格外翠绿。雨水在小路两边流淌,前面有去购物的主妇。往右拐,有一家小杂货店。

　　那里是不是也……

　　佐衣子想起了植物园。被雨一洗,植物园里的植物肯定比原来更绿了。

　　身后有汽车开过来,她往路边靠了靠。那是一辆红色跑车,里面坐着两个年轻人,车眨眼间就开了过去。走到杂货店的佐衣子,脸上俨然是一副家庭主妇的表情。

吃罢晚饭,佐衣子正收拾餐具,门口的电话响了。母亲接了电话。佐衣子仔细听着是谁打来的电话,只听见走廊那边传来两三句应答的话,过了一会儿,母亲若无其事地回到了屋里。

"谁的电话?"

"是你爸爸。说晚上有宴会,晚点回来。"

佐衣子皱着眉头说:"又是宴会。"

她自己都感到吃惊,为什么会皱眉头?

母亲说:"可能是工作上的需要吧。可是他血压高,不能硬撑的。"

"让爸爸倒下来一次好了。"

母亲语气意外严厉地说:"不要说那种不吉利的话!"

佐衣子慌忙解释:"我随便说说的。"

她感到莫名地焦躁。她用力地搓碗,把碗搓得嘎吱嘎吱响。过了五分钟,电话铃再次响起来。

正在查看冰箱的母亲说:"你爸又打电话来了。"

佐衣子说:"我去接吧。"

她擦一擦手,朝走廊跑去。夜色中,门口的电话铃响个不停。

"喂!"

"喂喂!"电话那头有些杂音。

"我是有津。"

佐衣子惊得一下子说不出话来。从"喂喂"声里,她已经知道是有津。不,准确地说,也许没接电话前她就知道是有津了。她相信这个电话一定是有津打来的。让她感到吃惊的,与其说是电话里的声音是有津的,倒不如说是她的预感成了现实。

有津在电话里说:"很抱歉,好久没跟你联系了。"

"不,是我没跟您联系。"

说完后,佐衣子又觉得这样的寒暄很滑稽。

有津压低声音问道:"你现在说话方便吗?"

"方便。"

"猜猜我现在在哪里?"

"这个……"

"在球藻。"

"哦,老板是那个扛猎枪的?"

"是的。我在上次我们来过的那个房间里。"

"就您一个人吗?"

"是的。我到这里一看,上次那个房间空着,就上来了。"

"那个老板呢?"

"刚才他就坐在我对面,现在下楼去了。我现在是一个人。"

"……"

佐衣子想起了那个用隔扇隔开的小房间,原本已经忘记的羞耻感立刻又在她身体里复苏了。

"现在能出来吗?"

"你是说我吗?"

"是。能到这个饭馆来吗?"

佐衣子拿着听筒转身看了看,房间里的灯光照到了走廊上。

"怎么样?"

"可是……"

"这周我好几次想给你打电话。"

"……"

"今天喝了酒,一下子就有勇气了。"

佐衣子把听筒紧紧按在耳朵上,她担心电话里的声音会传到餐厅里。不知有津是有些醉了,还是为了遮掩自己的胆怯,他的声音比平时大了许多。

"现在是七点多一点儿,是不是来不了?"

"嗯。"

"你的意思是说不行吗?"

"……"

佐衣子想去。她想放下电话就赶过去,但又有顾虑。

万一再像上次那样就糟糕了……

她觉得一周前和有津接吻,也和在那个店里吃饭有关。

去了,就会和上次一样。

虽然未必如此,但也无法保证不会出现那种结果。佐衣子没有去的信心。现在去那里,就等于是自己主动勾搭有津,这让佐衣子很痛苦。但她如此在意这一点,也许正说明她内心有接受这种结果的倾向。

有津考虑问题也太不周到了。

佐衣子有些不高兴,既然打电话,那就约好白天在某个茶馆见面多好,偏偏叫自己去一个不方便去的地方,不知道有津是怎么想的。即便是喝醉酒有了勇气,这样约人的方式也太不讲究了。

"是不是不行?"餐厅里静静的,透过灯光,有津发现外面下着小雨。

"后天我就要出发去萨老白茨了。"

"后天……"

"我想在走之前见你一面。"

"后天什么时候出发?"

"后天晚上和学生一起乘汽车出发。"

"那什么时候回来?"

"说不定这个月回不来。"

佐衣子刚刚拿定的主意又动摇了起来,她的想法总是游移不定。

有津问她:"明天你方便吗?"

"明天的话……"

"晚上能出来吗?"

佐衣子想了想说:"好吧。"

"明天下午五点我要参加一个商谈会,大约一个小时就结束,七点钟见面应该没问题。"

佐衣子言不由衷地说:"出发的前一天你不是应该很忙吗?"

"没关系,七点半以后肯定没问题。"

"你真的方便吗?"

"那就崎劳璐见吧。"

"好的,我知道了。"

"那我今天就和这里的老板再喝几杯。"

"太抱歉了。"

"明天多了一份期待,挺好的。"

佐衣子也有同样的感觉。

"那我挂电话了。"

"晚安!"

说罢晚安,佐衣子并没有立刻放下听筒,但电话那头已经挂断,听筒里面只有"嘟嘟嘟"的声音。

她回到厨房,发现洗了一半的碗已经收拾完毕。母亲在餐桌上摊开报纸看上面的电视节目表。佐衣子想悄悄从母亲旁边走过去,这时母亲摘下老花镜抬起头问她:"谁打来的电话?"

"那个……是朋友打来的。"

佐衣子不知该如何回答。纪彦在看电视。

"是朝子吗?"

母亲说的朝子是佐衣子以前的一个朋友。

"不是的……是过去女子学校的朋友。"

"她在札幌吗?"

"好像是住在北海道大学附近。"

"这么快就联系上她了?"

母亲很清楚,十几年没回札幌的佐衣子,不可能一回来就有新朋友。即便有,也都是母亲认识的朋友。

"她要来家里吗?"

"说好明天在外面见面。"

想不到谎话编得这么流畅,佐衣子自己也有些吃惊。

"明天晚上我要出去一下。"

"你那个朋友结婚没有?"

"和我一样,也是死了丈夫。白天她要上班。"

"有孩子没有?"

"没有。"

佐衣子没想到自己如此会撒谎,但谎话还在继续。

"下次带她到家里来吧。"

"好。"

佐衣子点了点头,然后像忽然想起什么似的喊道:"纪彦!"

听到佐衣子的喊声,纪彦看着电视说:"妈妈,什么事?"

"你学习方面的事情都做完了吗?你从回来到现在可是什么都没做。"

"没关系的,今天没有作业。"

"我们不是说好了,无论有没有作业,每天都要学习两个小时吗?"

"今天没关系的。"

纪彦仍盯着电视。

"不行。来!跟妈妈到里面的房间去。"

"我想看电视!"

电视里正在播摔跤的节目。

"这样的节目不是什么时候都可以看吗?"

"妈妈,今天就让我看吧!"

佐衣子的母亲像是看不下去似的说:"要是没有作业,就让他休息休息吧。"

"邻居家的一哉每天都上补习班。"

"他才刚四年级,还早呢。"

"您这样宠着他怎么行?"

"纪彦就是撒开手不管也没问题。"

可能是有了姥姥这个后台的缘故,纪彦更没有站起身的意思了。

"他没了父亲,所以我更要严格管教他。妈妈这样护着他,我怎么办?"

"我说这话,并不是成心要护着他。"

"不,妈妈您没有责任感,一味地宠他。"

母亲转过身来:"你说什么?"

佐衣子一言不发地朝里屋走去。可能是雨一直下的缘故,房间里冷飕飕的。她打开灯,坐下来,觉得自己不知从何时开始,情绪变得敏感起来。

雨一直到第二天傍晚才停下来。尽管雨量并不大,但树叶上还是沾满了明晃晃的水珠。

快七点时,佐衣子从家里出来。太阳已经落山了,天空中唯有一片红霞。在红霞的映衬下,山的轮廓很清晰。佐衣子身穿白底碎花的和服,扎一条蓝色腰带。出来前,她还担心这样穿是不是太鲜艳了,但这会儿又自己对自己说,现在正是穿这种衣服的季节。

走出家门前的小路来到通往神社的路上,佐衣子停下来等车。要是过了九点,出租车的数量会一下子少很多,但现在这个时间还有从山上下来的车。几乎全被夜幕笼罩的天空一角,还可以看到一条红线,顺着红线往前看,有一座山。白天从远处可以看到在那里工作的人,而现在看不到一个人。开过来的出租车只开着小灯,空车的标记很显眼。

"请送我到薄野的拐角那里。"

驾驶员默不作声地关上了车门。佐衣子顿时觉得自己就像一个要去花街柳巷的女人。说不定驾驶员也在这样想。车很快就驶入灯火通明的商业街。

我为什么要去那里?

佐衣子靠在座椅上,屏住了呼吸。虽说丈夫去世了,但从户口簿上看,自己还是个有夫之妇。去见一个曾吻过自己的男人,作为人妻这是不被允许的,去见那个男人这件事本身就是不贞的表现。佐衣子闭上了眼睛,她从昨天晚上起就一直在想这件事,想来想去,也没想出个所以然。她恨有津给她打电话,只要有津不打电话,她就不会这样犹豫。

有津昨晚为什么要打电话来？

想到这里，佐衣子觉得去见有津这件事和自己无关，可能是由于昨夜的风雨。

崎劳璐茶馆的门是自动的，门前铺着一张一米见方的橡胶垫。踩到橡胶垫上，门就会自动打开。了解这个情况的佐衣子在垫子前停住了脚步。

我为什么到这里来？

她在车里反复思考的问题这时又冒了出来。

因为那个人明天要去萨老白茨了。

这个答案在车里也重复多次了。自己来这里仅仅是和他告个别，因为过去他在纪彦的学习上帮了忙。佐衣子找好了来这里的理由，但这时她又想起了另一个问题。

母亲想让我早点再婚。

自己再婚和见有津毫无关系，这个念头却忽然出现在她脑子里。佐衣子越来越觉得此时想起再婚的事很奇怪。虽然母亲动员她再婚，但这与跟有津见面毫不相干，她也没有告诉有津自己再婚的打算。然而，在寻找和有津相见的理由时，她却想到了这件事。

难道我会把自己再婚的事告诉那个人吗？

佐衣子对潜藏在自己内心的那个无形的自我感到了恐惧。

茶馆的门从里面打开，走出一男一女两个年轻人。佐衣子给两人让了路，然后又站在橡胶垫上。自动门带着轻微的嘎吱声打开了，里面的服务员向她打招呼："欢迎光临！"

崎劳璐店里右边摆放的是长条桌，左边是一排包厢，里面倒数第一个包厢中的男人，佐衣子一眼就看出他是有津。

佐衣子朝有津走去，有津满眼笑意地朝她微微点点头，像是在说"你来啦"。

"下雨，我来迟了。"

"我也刚刚到。"

有津端起杯子慢慢喝了口水。佐衣子轻轻理了理耳朵旁边的头发。

女服务员端来一杯水问佐衣子："请问您想要点什么？"

有津面前放着一杯咖啡。于是佐衣子说："咖啡。"

女服务员点了下头，转身离去，包厢里就剩下他们两个人。有津掏出香烟，点上了火，问佐衣子："近来好吗？"

"嗯。"

"那太好了。"

佐衣子垂下眼睛。有津则一口接一口地抽烟。烟雾中，佐衣子知道有津在盯着她看。

"请原谅昨晚给你打电话。"

"没关系。"

"我后来很后悔，担心给你添麻烦。"

"没什么麻烦。"

女服务员送来了咖啡。等她离开后，有津说："突然很武断地要你来，我以为你不会来的。"

"我答应你会来的。"

"话是那样说，可我还是会担心。"

从交谈的语气看，两人就像是初次见面，话说得很客气，但两人心里是非常信任彼此的。这种信任，与其说是因为两人见了面导致的，倒不如说是来自接吻后的放心感。

"你是明天出发吗？"

"对。明天晚上。"

"如果是乘火车，我可以去送你。"

"乘汽车去，你不用送。"

"什么时候回来？"

"我打算二十号左右回来一趟，但具体要到了那里看情况而定。"

佐衣子稍微喝了口咖啡。许是雨后空气的原因，咖啡显得格外香。有津把抽了不到一半的香烟掐灭，问佐衣子："我可以从那里给你写信吗？"

"给我?"

"是,写到你家去。"

"好的。"佐衣子看着有津的眼睛,点了点头。

"如果你方便,我就给你写信。"

"我每天都在家。"

"我记得你家是第二十八条街吧?"

"是的。"

"读了我的信,不要笑话我。"有津苦笑了一下。

"怎么会!"

"会给我写回信吗?"

"会的。"

"到了这样的年纪还写情书,觉得怪怪的。"

佐衣子也有同样的感觉。有津喝了咖啡又喝了口水,接着又点上支烟:"你也去萨老白茨看看吧。"

"我一个人去吗?"

"只要你到了天盐或幌延,我就去接你。"

"可是……"

"没听你说去过那两个地方。"

"最远去过旭川,那已经是十几年前的事了。"

"如果你觉得一个人孤单,和球藻的老板一起去怎么样?"

"和那个人一起?"

"那个老板计划二十号以后去钓鱼。"

"那会给你添麻烦吧?"

"不,不会的。"

"为什么?"

"他都知道了。"

"知道了? 知道什么了?"

"昨晚我都告诉他了。"

"告诉他什么了？"

"你别担心，我只是跟他说我喜欢你。"

"你怎么……"

"放心吧，他不会告诉别人的。反正一开始他就猜到了。"

"可是……"

有人知道了两个人的秘密，这让佐衣子有些担心。

"当时我太高兴了，实在憋不住了。"

佐衣子瞪了有津一眼，觉得他可真是胡来。可有津却满不在乎地接着问佐衣子："你真的去不了吗？"

佐衣子冷冷地答道："不可能去。"

"那儿是个好地方，不去就不明白它的妙处。"

"就是想去，我一个女人也不是轻易就能去的。"

"是吗？因为家里有纪彦吗？"

"不单是这一个原因。"

"那干脆把纪彦也带上怎么样？"

"带纪彦？"

"应该让他看看那里雄伟的景色。"

"太勉强了。"

"是纪彦不愿意出门吗？"

去见有津又把纪彦带上，纪彦会怎么说？既然要见面，佐衣子想在一个既没有球藻的老板也没有纪彦的地方，和有津单独见面，但是，她的这种心情用语言表达出来时，就变成了别的话。

"把你太太也叫上怎么样？"

有津立刻眼神里带着怒气说："你不要乱说！"

"我没乱说。我只是说了我认为对的话。"

"怎么可能对？"

"我觉得你最好和你夫人孩子一起去。"

"我们之间的关系没有好到那个程度。"

有津面带不悦地不说话了。佐衣子这才感到了不安。

"请原谅。我让你不高兴了。"

"也没什么不高兴。只是你突然说出这种莫名其妙的话,我不太舒服。"

"对不起。"

"你不必给我道歉。"

两人嘴上在争论,其实心里已经互相接受了对方。争论也是一种依赖,是由于两人接吻后心理距离更近了,只是他们还没有意识到这一点。

有津问佐衣子:"你饿不饿?"

"不是太饿。"佐衣子没有吃晚饭,但并不觉得饿。

"那我们去喝点什么吧。"

"不,我告辞了。"

"是要回家吗?"

"嗯,我原本就打算只出来一个小时左右。"

"用不着这么早回去吧?"

"不行,家里还有孩子。"

"纪彦不是已经长大,不需要大人照顾了吗?"

"可他还是个小孩子。"

"咱们还是去……"

"不行,我真的要回去了。"

"没关系的。"

"能见你一面,我已经满足了。"

佐衣子对自己这大胆的话语感到吃惊。这句话像是爱的告白。

"咱们还是先出去再说吧。"

有津拿着账单站起身来,先去柜台结账,佐衣子拿着串珠手提包跟在他身后。

有津结完账来到她身边,问道:"你实话告诉我,你今天到底能陪我到几点?"

"我出来时跟家里人说了马上回去的。"

两人来到餐馆外,车辆和行人的嘈杂声立刻扑面而来。

"现在是八点,再陪我两个小时,十点回去,没问题吧?"

"十点无论如何都不行,那个时候回去要出大问题的。"

"可是,家里没有谁会说你吧?"

有津边说边往薄野走。佐衣子虽然嘴上说不行,但还是跟在有津身后。

"家里有我父母,还有纪彦。他们都会说我的。"

"难道你不是个大人吗?"

"正因为是大人,就更不行了。"

"反正你还是陪我一会儿吧,就一会儿。"

"请原谅!还是让我回去吧。"

"没关系的。我很快就让你回去。"

有津挥手拦了一辆出租车,他先上了车,佐衣子也跟着坐进去。

"要去哪里?"

"就附近。反正十点前让你回去。"

"我不能回去那么晚。"

"听话,沉住气。"

因为佐衣子是跟在有津后面上的车,所以她也不知道他是怎样对驾驶员说的。不知道有津要把她带到哪里去。

有津小声说:"只有今夜能见到你了。"

的确如此。

佐衣子像刚刚发现似的,过了今夜有津就不在札幌了。出租车穿过薄野,从中岛公园门前向南开去。有津的手挨着佐衣子大腿的外侧,虽不是有意要抚摸她的腿,但也没有要抽回去的意思。佐衣子有些犹豫,不知该怎么办,她的身体在发热。

如果不回家,肯定会……

这个念头像海浪一样在她脑子里反复出现。如果她喊叫起来,也并非不能回家,但她始终没有喊叫。

喊叫起来太丢人了。当着驾驶员和有津的面,我还是默不作声吧。

佐衣子心里还有一股力量在拉扯着要挽留她,她没有意识到这股力量已经逐步占了上风。

佐衣子觉得自己坐进出租车,和有津待在一起,这一切都和自己的意志无关,都是被动接受的。

没有一件事是自己主动要求的。

她用这样的想法极力控制着几乎要崩溃的心。出租车过了十字路口后拐向了左边的一条小路。从灯光明亮的大道进入没有灯光的小路,佐衣子觉得双眼像被蒙上了似的。车在小路上行驶了五十多米后停了下来。

"下来吧。"

"不行。"

"快点!"

有津催了佐衣子两次,她才下车。外面吹着冷风,尽管快到夏天了,天气仍十分寒冷。

靠在有津臂弯里的佐衣子,身体微微颤抖着。她实在不像是个有孩子的女人,有津觉得她就像十七八岁的姑娘。

"我很快就要和这个女人发生关系了。十年了,今天我终于要真正地和她发生肉体关系了。"

不知为什么,有津不觉得这是件坏事。他觉得自己是在堂堂正正地做一件堂堂正正的事。

"咱们走吧。"

"我今天本来打算很快就回去的。"

"我知道。因为我知道,所以很快就让你回去。"

佐衣子说:"那现在就请你和我一起回去吧。"

驾驶员收了车费,像是在看着他们。

"在这样的地方磨磨蹭蹭,多不好!"

"求求你了。"

出租车在空气里留下一股汽油味儿，消失在夜色里。

"我真的是因为你要出发才来见你的，只是想见你一面。"

"我知道。我知道你的心情，但唯独今晚请你接受我的请求。"

有津向前走去，他对自己这种笨拙的方法很是恼火。一对男女从五十米外的拐角处朝这边走来。从两个人的外貌看，是一个年龄相当大的男人和一个看样子像是公司职员的年轻女子。

佐衣子怯生生地小声对有津说："咱们待在这里，会让别人觉得可疑的。"

"所以我们快点进去不就好了。"

"……"

"你跟在我后面，从那个地方进去。"

前面有一个入口。"走吧！"有津轻轻地推了推佐衣子的后背朝里面走去。入口进去的路上铺着石块，前面是一道玻璃门。佐衣子往前走了三步，门自动打开了，这时她已经失去了抵抗力。

进入房间，佐衣子不安地看了看周围的情况。两人面对面地坐在椅子上。佐衣子低垂着头，微微喘息着，眼角处有些细细的皱纹，但依然很漂亮。有津觉得自己仍然向往这个女人。

现在我要抱这个女人。

当时这个女人已经接受了我，那个时候自己既没有爱，也没有喜悦。然而，现在不同了。有津觉得自己充满了欲望，现在自己要凭自己的意志来抱这个女人。即便结果都一样，但内涵是不同的。

佐衣子抬起头来，眼神里透着怀疑和不信任。看着她这样的眼神，有津一直憋在心里的欲望一下子迸发了出来。

在床上，佐衣子拼命挣扎。她头发上的带子散开了，胸部的衣服已不成样子。有津左手按住佐衣子的胳膊，右手解开她的腰带。她的挣扎反而让有津的欲望更加强烈。她蜷缩着身子，紧紧地夹着两只胳膊。她圆圆的双肩低垂，腹部微微颤抖，再往下是她那修长的美腿。尽管她外表看上去很小巧，但现在的她则显得丰满而淫荡。

有津把佐衣子抱在怀里,她的身体一下子就瘫软了。虽然她的头还在左右摇动,但身体已经变得柔软而温顺。有津像祈祷似的跪在佐衣子白白的身体上。

"原谅我!"

佐衣子一下子小声喊叫起来。她皱着眉,鼻子小小的,好像缩着一样。有津清晰地想起十年前在厕所里射精的那个瞬间,连当时精液的那种类似青草的气味都回想了起来。

挣扎消失了。快感在佐衣子的身体里扩散,她舒畅地伸展着四肢。

有津再次紧紧抱着一丝不挂的佐衣子,抚摸她柔软的身体,简直不敢相信自己怀里的这个女人是两个月前刚在机场遇到的。

十年前自己已经和佐衣子发生了关系。

他曾无数次想象和佐衣子做爱的情景,他觉得现在和佐衣子躺在同一张床上,好像是早就注定的。

有津一本正经地说:"我好像以前就见过你似的。"

佐衣子伏在有津胸前问:"什么时候?在哪里?"

"十年前。"

"十年前?"

佐衣子把目光移向了远处。

"在医院或别的什么地方。"

"你说什么?"佐衣子猛地一惊,"在什么地方?"

"不,那是很久以前的事,现在已经记不清了。"

有津话到嘴边又咽了回去,他害怕她再问下去。如果再问下去,佐衣子就会明白自己接近她的目的。然而,有津不只是因为十年前的事才占有佐衣子的身体的。

我不想失去她。

有津紧紧地搂着佐衣子,他还有充足的体力,于是和佐衣子又来了一次。佐衣子发出像是喜悦又像是痛苦的呻吟声。听着她的呻吟声,有津觉得佐衣子的身体这次是真正带着爱情接受了他。

激情过后的佐衣子,既感到放松,又有些羞怯。她先起床,对着镜子穿衣服,先穿上贴身短内衣,缠上裹腰布,再穿上长内衣,把早晨穿衣服的动作又重复了一遍,算是对脱得一丝不挂的身体的补偿。

"不知道几点了。"有津起床站到了她身后。

佐衣子对他说:"你先到那边等等吧。"

"十分钟能出来吗?"

"可以的。"

"那我叫车吧。"

佐衣子整了整头发和领口,回到卧室。有津正抽着烟看电视,对她说:"车十分钟后到。"

佐衣子点了点头。微弱的灯光里,原本一片狼藉的被褥已被收拾整齐,连枕头都像刚进屋时一样并排摆着。佐衣子突然很害羞。

有津问佐衣子:"你真的不能去萨老白茨吗?"

叠好旅馆里的睡衣,佐衣子又回到有津身边。

"去不了吗?"

佐衣子点了点头。

"太遗憾了。"

"那你就早点回来吧。"

她讲起这话来显得很自然。

电话铃响,说他们要的车到了。两人起身又把房间巡视了一遍。

"谢谢!"

和有津上完床后又被他送回家,佐衣子有些害羞。

上了车后,有津告诉驾驶员地址:"去圆山。"

而驾驶员却什么都没说,这让佐衣子有些不舒服。

"我到了那里马上给你写信。"

佐衣子低声答应:"好的。"

有津握着佐衣子的手。车窗外是黑黑的河流,夜空被霓虹灯照得红红的。

身边的这个男人一会儿就会回到他妻子身边。

从有津那张很帅气的侧脸上,佐衣子仿佛看到了无法接受的另一张脸。

早晨,佐衣子醒来时明亮的阳光已透过拉窗照到房间里。看样子昨夜的雨云已经消失了。

佐衣子躺在床上看了看柜子上的钟,已经上午八点了。原本应该躺在自己旁边的纪彦也不见了。

已经这么晚了!

睡足了觉的佐衣子浑身舒畅,她比平时晚醒了一个小时。虽然她自己也觉得今天起床太晚了,但依然沉浸在愉悦之中。房间里静悄悄的。

她房间里的天花板是用杉木做成的,花纹呈水波纹状。顺着天花板的花纹往前看,是圆形的红杉橡子,她突然想起了昨晚的情景。

昨晚……

佐衣子闭上了眼睛。

原本是想和有津在崎劳璐见上一面,吃顿饭。可是……

她害怕回想昨晚的情景,但还是不由自主地在想。就这样,佐衣子眼前浮现出一幕幕令她羞耻的场景。

那个人……

躺在被窝里的佐衣子把双手放到胸前,她的身体在喘息。

为什么会……

佐衣子不明白为什么会和有津发展到这一步。她觉得这不是现实,这一切都像是梦境。她告诉自己说那是梦,但同时还有一个声音在说,那不是梦。说不是梦的,既像是她的心,又像是她的身体。佐衣子像钻进岩石缝里的鱼一样,躲在黑暗的宁静里。忽然,她发现心里的羞耻感在向身体的各个部位扩散。她急忙睁开双眼,脸上还留有羞色。拉窗上有个影子在晃动,院里传来人的脚步声。

"为什么要剪掉它?"

"这些树芽都是多余的。"

"它好不容易长出来了。"

是父亲和纪彦的声音。走廊上的门开着,两人的声音伴随着早晨的空气传到了佐衣子耳边。她起床坐到梳妆台前的圆凳子上。可能是睡眠充足的缘故吧,她的皮肤看上去充满了活力。佐衣子梳了梳有些凌乱的头发,整理下发型,问镜子里的自己:"穿和服,还是穿西服呢?"

镜子里的佐衣子带着笑意说:"还是穿和服,好不好?"

佐衣子点点头,站起身来。房间里不冷,她贴身穿着白色的短衬衣,外边系着泡泡纱的裹腰布,身材苗条的她又加了个围腰。她转动脖子,调整衣领的位置。在系和服腰带的位置上下各扎一根带子,再扎一条伊达腰带,这才算打扮停当。

和昨天一样。

扎好腰带的佐衣子,脑海里再次浮现出一度隐藏起来的想法。昨天穿和服的过程和今天一模一样。先扎两根带子,再扎和服腰带,一根根带子把和服固定在身上。

都是为了见有津。

自己是为了好看才这样穿戴的,但细想起来又好像恰恰相反。

为了让那个人脱才这样穿的。

佐衣子不敢再想下去,她的身体又兴奋了起来。真讨厌,怎么总是想这种令人羞耻的事情?她想从这种念头里摆脱出来。然而,镜子里的佐衣子表情温柔而安详。

做了那事后的我竟然睡得这样香!

她觉得自己的身体太淫荡了,竟然一反常态地睡到八点,一点都不受大脑的控制。

一个人影走了过来,拉窗打开了。

"妈妈!"

纪彦的声音把佐衣子从思绪中拉了回来。

"妈妈睡懒觉!"

"纪彦今天起得很早。"

佐衣子还是有些疲倦。

"妈妈给我买了没有?"

被纪彦这么一问,佐衣子才想起昨晚临出门时答应给纪彦买玩具赛车的事。

"这个……"

"妈妈说话不算数!"

"妈妈并不是故意违约,我一直记在心上的。可是因为工作的事儿,一直忙到很晚,所以没来得及给你买。"

"可是,你不是说去玩的吗?"

佐衣子不知该如何说才好,她已经没有了辩解的余地。

"请原谅。不说这个了,咱们今天就去买吧。"

纪彦很精明地提出新的要求:"那就惩罚妈妈一下,我要更大的玩具赛车。"

说完他就朝院子里跑去。父亲在栎树围墙那边修剪着什么。

佐衣子越来越后悔,一是答应纪彦的事情没有做到,二是本来打算只和有津见见面,再一起简单地吃顿饭,可最后竟稀里糊涂地待到很晚。不,待到很晚本身并不是什么问题,问题是,后来自己竟跟着他去了旅馆。

有津是不是一开始就抱着那样的目的呢?

毫无疑问,是有津动员她去旅馆的。但佐衣子弄不明白的是,究竟是有津强烈要求她去的呢,还是因为自己没有拒绝呢? 不管怎么说,作为一个母亲,自己的这种行为是错误的。她知道不应该做这件事。

话虽这样说,但自己为什么那样轻易地答应了有津的要求呢?

佐衣子也不知道自己为什么会那样。在那一瞬间,她的身体好像失去了控制,朝着和理智完全相反的方向发展下去。她脑海里又浮现出有津的脸,他高高的鼻梁里透着温柔。但是,不知为什么,更让她难以忘怀的是有津朝她张开的双臂,那结实的臂膀就像鸟儿张开的翅膀似的。

从拉窗往外看,院子被分成了两部分,桂花树前面种植的是大丁草。

站在屋里的佐衣子的头发、嘴唇以及和服包裹着的身体,都被有津爱抚过。佐衣子突然觉得大丁草红色的花朵就像是自己的血液,她的身体里仍留有昨夜颠鸾倒凤的记忆。

"可我是反抗过的。"佐衣子暗暗这样说。

她想以此说服自己。重复了两遍这句话,便觉得自己的确是反抗了,她心里略感安慰。

十二

七月初的北国,阳光还不强烈,还没有到真正的夏天。

这月初,有津从萨老白茨原野回到了札幌。离开札幌的这半个月里,他给佐衣子写了三封信。第一封信里,先是说自己身体很好,接着简单地介绍了在原野的情况,最后说"每天傍晚从原野回来时都想你"。不知为什么,佐衣子脑海里对那个在植物园研究室里的有津印象模糊,而对有津在荒凉的原野里摆弄泥土的形象却想象得很清晰。也许在佐衣子的脑海里,有津和原野是紧密相连、融为一体的。第二封信里,有津告诉佐衣子他七月初回札幌,信里说再有六天就能见到她了。话虽然短,但佐衣子能想象出有津在掰着手指数回来的日子的画面,她也同样在盼望有津回札幌的那一天。

佐衣子的内心再次动摇,她常常会突然屏住气,在心里数再过几天有津会回来。她的心思简直被有津控制了。

收到有津的第二封信时,佐衣子写了回信。这之前她有些犹豫不决。她觉得无论是否喜欢有津,还是不回信比较稳妥,但她心里又知道这是无谓的抵抗,抵抗似乎是抵抗不了的一个托词。佐衣子在信里告诉有津,他不在的时候,她带着纪彦去了一次植物园,然后又写了些气候方面的话。最后她写道:"注意不要感冒了。期待着你的归来。"写完,佐衣子又重新读了一遍。她觉得"期待着你的归来"这句话太大胆了。

不能让人家有被缠着的感觉。

她把"期待着你的归来"这句划去,但划去后又觉得信的结尾很乏味,跟一般的问候信没有区别。佐衣子考虑了一会儿,最后又加上了"期待着你的归来"。

写在信里,是否比平时的思念显得更加夸张?

第三封信是在有津回来的前一天傍晚收到的。信中,他告诉佐衣子,她的回信收到了,他会先学生一步乘火车回札幌,乘坐的特快将于晚上八点到达。

  我从车站的西口出站。如果方便,请去接我。

第二天是星期二,是纪彦去学钢琴的日子。虽说是培养纪彦的特长,但她并没有让他凭此安身立命的打算。只是因为附近有一个教钢琴的人,佐衣子为了培养孩子的乐感才让他去学习的,时间是晚上七点至八点。

孩子要去学钢琴,而自己……

佐衣子有些犹豫。有津不在时,她只是在心里想他。仅仅是这么想想,已经让她想象了许多事情。她想象着和有津一起散步,一起吃饭,一起在植物园的树荫下休息的情形。想象是自由的。

有时佐衣子也会想象被有津抱着的情景。当她正想象得兴奋时,忽然意识到想象的内容,又感到很愕然。这不是大白天应该想的事,当她意识到这一点之后,又觉得很寂寞。有津不在札幌时,佐衣子心里比较平静,生活的节奏也能保持正常。有津回到札幌,就会打乱她渐趋平静的节奏。她为好不容易要平静下来的节奏被打乱而可惜,但又觉得无所谓。她的期待和拒绝交织在一起,令她十分痛苦。

有津回札幌的这天,佐衣子在列车到站前十分钟,赶到了车站西口。虽然她有些犹豫,但其实她读了有津的信后就决定要去车站接他。犹豫只不过是自我辩解而已。

有津乘坐的列车正点到站,停靠在二号站台,乘客需要通过高架桥才能到达出站口。佐衣子在检票口前面的出站口等着有津,她的旁边是小件物品寄存处,小件物品寄存处旁边是一排公用电话。

　　佐衣子站在出站口边上扫视着从出站口拥出的乘客。虽然站在正面更容易看到要接的人,但佐衣子还是很犹豫。七个检票口一齐打开,出站口前形成了一股宽阔的人流。

　　即使我没看到他,他也会找到我的。

　　佐衣子希望会是这样。

　　"嘿!"有津突然从旁边的人流里钻了出来,"谢谢你来接我。"

　　"你回来啦!"

　　有津比出发时更黑了些,英俊的脸上增添了几分精干。

　　"我给你写的信,收到了?"

　　"嗯。"

　　"我知道你一定会来接我的。"

　　"你说我一定……"

　　佐衣子眨了眨眼,"一定"意味着什么?难道这个人已经看透了我,知道我肯定会来接他吗?

　　看到车站前明亮的霓虹灯,有津感慨地说:"还是札幌好。"

　　有津有一种终于到了札幌的放心感。

　　"咱们还是找个地方休息休息吧。"

　　也不顾情绪突然低落的佐衣子怎样想,有津自顾自地提着一个黑色的大皮箱往前走。一出火车站就是出租车候车点,三个候车点很快就排满了刚下火车的客人,出租车也一下子拥了过来。都市的夜晚才刚刚开始。有津站到离他最近的一个队列后面。

　　"要去哪里?"

　　"去个地方。"

　　"你不回家吗?"

　　"不必马上回家。"

"可是……"

有津把嘴贴在佐衣子耳旁说:"我首先想见的是你,太好了。"

佐衣子眼睛看着别的地方,装作不明白有津的话。排队的人很多,但由于一辆接一辆的出租车开过来,所以不用等很久。他们不到十分钟就上了出租车,车门打开,有津提着箱子先上了车。出租车在站前广场往右绕了个大弯,然后开上了一条灯火通明的马路。

"你一切都好吧?"

"嗯。"

"分别后的这段时间,我每天都想你,想不想都不行。"

"……"

"这段时间的分离,让我明白了我对你的心。"

佐衣子赶忙看了一下驾驶员的反应。有津的话讲得十分露骨,但驾驶员好像什么也没听到似的,眼睛看着前方。

"我给你写了三封信,可你才回了一封。"

"我怕给你回信多了你不方便。"

"我好像在信里说了,我在等你的信。"

"可是,你周围不是有学生吗?"

"要这么说的话,你身边不是也有父母吗?"

"我这边没关系,可你是去工作的。"

"你动不动就这样说,老是扭扭捏捏的。"

"我是替你着想才那样做的。"

佐衣子有些生气,她觉得这个男人不可能体会到自己的痛苦。

"我在萨老白茨那里想你,总觉得你有些冷冷的,令人难以捉摸。"

"我?"

"是的。好像不紧紧抓住你,你就会立刻逃走。"

"不至于吧?"

"无论我们之间的关系有多深,总觉得你有些地方让人不放心。"

"你真讨厌!"

"用颜色形容的话,你就好像是白色。"

"白色?"

"是的。有一部分是冷冷的白色。"

"别再这么说了!"

"好,不说了。我们这不是很快就见面了!"

借着对面开来的汽车的灯光,佐衣子看到有津的脸上带着久别重逢的笑容。车沿着闹市往南开去,路过电车轨道时颠了几下,放在佐衣子脚边的箱子倒了。

"我把它挪到一边去吧。"有津伸手去提箱子。箱子鼓鼓的,看上去很重。

"没关系的。"

"不,这怎么行?里面装的是泥土。"

"泥土?"

"对,是泥炭。"

"你说这箱子里装的是泥炭?"

"大部分泥炭都装在汽车里。这部分有些特别,所以就随身带回来了。"

有津小心翼翼地把箱子挪到了靠车门的地方。

"衣服也在这个箱子里吗?"

"都在这个箱子里。"

"都在这里?"

"对。"有津点上了一支烟。

"那不就把衣服弄脏了吗?"

"没事,泥炭是包在塑料袋里的,没关系。"

"装在塑料袋里也……"

佐衣子悄悄看了看有津,他满不在乎地抽着烟。

真是个怪人。

说箱子里的泥炭特别,痴迷于这种泥炭的有津也与众不同。佐衣子忍着笑,偷偷从旁边看着这个怪男人的脸,这张认真的脸很让她怀念。

"还去出差吗?"

"还去。不过七月份不出差了。"

"为什么?"

"怕再离开你。"

"可是……"

佐衣子把话咽了回去,将脸扭向窗外。路上来往的车辆依然很多,但两边的建筑物变矮了,时不时能看到黑色的树木。

"我们这是去哪里?"

佐衣子又有了不安感,这种不安从她上车的那一刻就有了。

"你跟着我走就行了。"

车驶过一个大饭店后,周围的景物顿时变了样。左边是一排饭馆和旅馆的霓虹灯,右边是一排茂密的树林。

佐衣子想起来了:

从这里穿过去,再过一座桥,就到了上次去过的那个旅馆。

毫无疑问,就是上次那个旅馆。

"我说,咱们去一个什么茶馆吧!"

"不,去那些地方,没什么意思。"

"我就是来接你的。"

"好啦,不要说别的。"

"这不太好。"

"纪彦在干什么?"

"不知道。反正我不是为了这个才去车站接你的。"

"这点我很清楚。"

有津又清楚什么? 看着他的侧脸,佐衣子发现自己抵挡不住他的诱惑。

"我不行。"

尽管佐衣子这样说,汽车依然驶过了桥,佐衣子也就不再拒绝了。

车在半个月前他们去过的那家旅馆前停了下来。

"请下车吧。"

佐衣子轻轻按着衣袖下了车。尽管她心里清楚反对是徒劳的,但还是说:"你是不是料定,即使我说不来,最后也会跟着你来?"

"不,怎么会呢?"

"你肯定认定我会跟你来这里。你心里肯定在笑话我。"

"不是的。"

"真是个滑头!"

"……"

有津提着箱子往前走。旅馆的大门在二十米外的地方。

"我说,咱们回去吧,找个茶馆喝点茶什么的。"

佐衣子的语气里带着乞求。

"我们已经到了这里,怎么能回去!"

"你又想害我!"

有津回过头来看着佐衣子说:"害你?"

"世上没有像我这样的坏母亲。"

"你总是这样说。"

"可是,我每次都很痛苦。"

"痛苦?"

"就为做这样的事情,分别后觉得非常空虚。"

"那么,你的意思是,在一起喝完茶分手就不空虚吗?"

"如果是在一起喝喝茶,那么心里会有一个合理的解释。"

"那只是暂时的吧?"

"暂时的也好。"

"那都是你随意找的一个借口。"

"有借口总比没借口好。"

两人已经到了旅馆门前。

"咱们进去吧。"有津用左手轻轻推了推佐衣子的后背。

"你是不是又要把我弄得像个不正经的女人？"

"不正经？"

"对，每次和你相会，我都觉得自己在一步步变成一个不正经的女人。"

瞬间，有津脸上掠过一丝犹豫的神色，但他很快就赶走心中的犹豫，推开了旅馆的门。

结果和上次一样。

只要有津抱住她，佐衣子一开始的反抗和羞怯便会消失得一干二净。

这是第二次了。

处于获得满足后的倦怠感中的佐衣子，回忆着和有津幽会的次数。和有津认识才刚两个月，两次似乎有些多，但好像又有点少。

"已经十点了。"佐衣子开始穿衣服，整理头发。

有津起床打开箱子："也没给你买什么礼物。"

"你回来就足够了。"

"只给你带回来一点沙滩玫瑰果。"

有津从箱子里拿出一个白色信封，从里面掏出几个红色的果实说："我在沙丘上摘这些果子时，学生们还笑我呢。"

"为什么笑你？"

"他们觉得我这么大年纪了，还在做像小孩子一样的事。"

佐衣子拿过一个果子，果子在她柔软的手掌上滚来滚去。

"箱子里的泥炭没事儿吧？"

"回来时已经在水里充分浸泡过了，不会受影响。"

有津敞开箱子，用塑料袋裹着的几块泥炭摆放在箱子的中间，俨然是箱子里的主角。笔记本和衣服等则放在箱子的两头。

"要把这些泥炭带回家吗？"

佐衣子觉得这些泥炭和一般的掺杂着枯草的泥土没什么区别。

"明天把它放到植物园的水池里。"

佐衣子微微笑了笑。

"你觉得可笑?"

"放在水池里,听起来像是要养鱼似的。"

"要是干了就麻烦了。"

"泥土也会干死吗?"

"干了,就失去了里面的有机成分,等于是死了。"

有津轻轻摸了摸泥炭,然后把塑料布整理一下,合上了箱子。不知为什么,佐衣子忽然嫉妒起箱子里的泥炭来。她问有津:"泥炭和我,哪个重要?"

"哪个重要?"

"对,哪个重要?"

有津看看箱子,又看看佐衣子:"这个我不清楚。"

"不清楚?"

"这两者是无法相比的。"

"请回答我。"

佐衣子知道自己在感情用事,但她就是忍不住想问。

"一个是人,一个是泥土。"

"是可以比较的。"

"这怎么可以硬拿来比较呢?"

"可以比较的。你说,哪个重要?"

"真拿你没办法。"

有津轻轻叹了口气,用疑惑的眼神看着佐衣子。

"你快回答。你不回答,以后我就不见你了。"

"不要胡说。"

"这怎么是胡说呢? 快点说!"

有津那张被原野晒黑的脸正对着佐衣子说:

"现在你重要。"

十三

沿札幌火车站前的马路往南走,步行十多分钟,就是薄野的十字路口。电车的轨道在这里朝左右分开,一边通往丰平,一边通往山鼻。山鼻曾经是屯田兵定居、垦荒的地方,如今也被纳入札幌的中心地带。明治时期,山鼻离札幌的政府所在地,即今天的钟表台一带还有相当一段距离。钟表台一带的路以一条垂直的南北大道为主干,若干条东西走向的道路像棋盘似的与其交叉在一起。而山鼻的道路则朝着北极星的方向,即道路所指向的北与地图上的北有七度的偏差。山鼻线电车的线路在东本愿寺前有一个小小的弯曲就是出于这个原因。

沿着山鼻线南下,不久就到了丰平川。苑子所租的公寓就在靠近丰平川的中岛公园西侧。公寓名叫静明庄,是一座独门独户的租赁式公寓楼,上下各八户,共十六户。苑子的房子在二楼,进门是一个厨房兼餐厅的小房间,小房间和朝南的大房间相通,是这座公寓里面积最小的户型。但对一个人住的苑子来说,这房间的面积已经足够用了。

这里离电车线路只有一条半街的距离,晚上还能听到公寓后面河水的流淌声。那条河叫鸭鸭川,发端于丰平川取水口,经中岛公园向市中心流去。河流的一侧是公园里的大片树林,另一侧则是大的住宅区和老字号的饭馆。无论是这里的路,还是房屋的造型,都多少保留着一些明治时代札幌的模样。

苑子喜欢这里沿着河流蜿蜒的小路。有次朋友约她到这条路上散步,她便喜欢上了这条路。在日益变成"小东京"的札幌,唯有这个地方有一些抵制大都市的意味。不过,最近这条路附近也悄悄建起了饭店,路的南端也建起了公寓楼。现在,身为女大学生的苑子正在这个地方等待一个男人。她喜欢古老的传统,可她这样为爱不顾一切的行为却又十分前卫和现代。苑子并没有意识到她身上的矛盾性。

那个男人叫村尾敬祐。盛夏的一个夜晚,他趁着夜色来到苑子的住处。他的悄然出现,让苑子那颗年轻的、敢于冒险的心感到愉悦。

村尾是个外科医生,在火车站北面通往石狩的街道附近开了一家诊所。去年举办大学文化节时,身为执行委员的苑子,和一个叫克子的朋友一起去村尾的诊所拉广告。

克子告诉苑子:"有一次我穿鞋子磨破了脚,去他那里治疗,就认识了他。他可是个有情趣的医生。"

看样子,克子去拉广告是假,去见有情趣的医生才是真。

村尾并不像克子吹嘘的那样帅气。要论样貌,年轻的志贺在他之上,但村尾有着不同于年轻人的稳重。他热情接待女学生的表情里,有一种视对方为小姑娘的感觉,这也许和外科医生这一残酷的职业有关,但也可能是出于一个年近四十、生活安定的男人的傲慢。和志贺那种直来直去的热情截然不同,村尾的眼神是清醒的。文化节的节目单搞好后,苑子趁克子不在,一个人去给村尾送节目单。对这样一个生活在离自己很遥远的世界里的男人,苑子十分好奇。

那是九月末的一个下午,诊所里很清静。报过姓名后,苑子被带到诊所后面的接待室里。村尾脱下白大褂,换上一件藏青色带有淡红条纹的对襟毛衣来到她面前。

苑子对他说:"把您诊所的广告放到了节目单封底靠上的地方。"

那个广告的位置,在同等价位里是比较靠前的,但村尾只是稍稍看了一眼,就点上一支烟抽了起来。从表情上看,他既不吃惊也不高兴,也许他根本就没指望女子大学文化节的广告能给他带来多少收益。看他似乎不感兴趣,苑子反而起劲儿地介绍起文化节来。村尾抽着烟,不时点着头。他们谈到展示会时,走进来一个看上去很富有的中年妇女,她放下端来的红茶和点心后转身离去。

苑子问村尾:"是您太太吗?"

村尾答:"是。"话里带着理所当然的语气。村尾并没有把苑子介绍给妻子,这让苑子觉得村尾夫妻没把她放在眼里,她觉得自己不该来这个诊所。

我要把那个家伙忘掉!

苑子当时非常生气。可是,一周后她又一个人拿着义卖会的招待券去了村尾诊所。

"义卖会上有许多豆沙水果凉粉、年糕小豆汤这样的甜食。请务必带着您的孩子去。"

村尾点点头,微微苦笑了一下。但不要说是义卖会,连文化节上也没看到他露面。

他看我是个学生,瞧不起我。

和志贺之间就不会发生这种情况。只要苑子约他,志贺肯定会来。苑子明白志贺在努力揣摩她的心思。村尾却截然不同,无论苑子如何努力,他就是纹丝不动,甚至话语和表情里还总带着嘲讽。

随你的便。爱瞧不起人,就瞧不起好了。

村尾不领自己的情,让苑子十分窝火,但这男人的毫不动摇又吸引着她。

文化节结束的一个月后,因为右手小手指上有个小刀伤,苑子又来到村尾的诊所。村尾就是在那次约了苑子。

处理完伤口,护士去了挂号室。村尾瞅准时机告诉苑子:"今晚我妻子不在家,我在外面吃饭。你如果方便,咱们一起吃顿饭。六点半我在G饭店的大厅里等你。"

从村尾的表情里看不出他是在说悄悄话。

"那就……"

这时,护士回来了,她告诉村尾:"刚才做完的那个小手术,名叫丹羽的患者好像很疼。"

村尾不露声色地交代护士:"给他加两包零点五克的镇痛药。"

"好的。"

村尾说得十分镇静,丝毫看不出他刚才还在约苑子吃晚饭。看来一切都是算计好的,事情做得既漂亮又保险。

他想要干什么?

村尾的邀请是单方面的,没有问苑子是否同意。苑子不知道是去还是不去。尽管如此,村尾终于注意到了自己,苑子还是感到很高兴。

苑子到G饭店时,比约定的时间晚了十分钟。她是故意迟到的,想以此让村尾先到饭店等她。可是,她到饭店后,发现大厅里并没有村尾的身影。原本应该是村尾到处找她的,反倒变成她到处找村尾。她把大厅巡视了一遍,回到门口时,村尾出现了。

"刚要出来,来了个病号,就来晚了。"

就这么简单的一句话。他穿过大厅朝电梯口走去。苑子原本打算说几句难听的话,但最终什么也没说。两人在西式小餐厅吃完饭,又去了能看夜景的酒吧。苑子喝着汽水,把她姐姐家的电话号码告诉了村尾。村尾只是在嘴里复述了两遍,并没有把电话号码记在笔记本上。对此,苑子既放心又失望。到了九点,村尾只是简单地说了句"我送你吧",就拦了辆出租车把她送回了宫之森。

那以后,两人每半个月就见一次面,在一起吃饭、喝酒,但村尾从不失态。他带她去的地方都很豪华,让苑子陶醉。跟和志贺在一起时的情形不同,苑子没必要考虑对方钱包里的钱是否够花,也不用均摊费用,苑子觉得很踏实。

苑子对村尾以身相许是今年三月的事。当时的情形,她仍记忆犹新。那天夜晚,刮着春天般的南风,雪在融化。村尾得到她的过程,没有丝毫的唐突和不自然。夺的人自然,被夺的人也自然。事实上,当一切发生后,苑子才吃惊地发现自己的肉体已经给了村尾。细想起来,这并不是一件容易的事情,但村尾很镇定,他的动作很流畅,而且是很细心、很准确地享受了苑子的身体。对苑子尚不熟练的肉体,他表现得既体贴,又没有放过任何一处关键的部位。

苑子已经不是第一次和别人发生性关系。她早在半年前就和志贺"在一起"了。不过,志贺的做法是饿虎扑食式的,总是很匆忙。虽然他的感情很真挚,但没有慢慢品味的感觉,尽管他也很努力,可事实上只有他一个人舒服。而村尾的所有做法都和志贺截然相反。

村尾的身上带有医院的气味。

这个人现在是什么表情?

被村尾抱住的苑子在想象他的表情,但她不想抬头去看。她觉得一旦抬头去看,就会失去被抱住的悠然心情。

他终于要我了。

被占有的苑子,丝毫没有受到侮辱和欺负的感觉。她反而对自己的肉体能使村尾发狂这点十分高兴。即便村尾的这种发狂是短暂的,她也觉得村尾已经拜倒在自己的石榴裙下了,但是,这一切也许都是村尾计划好的——当初见面装出漠不关心的样子,直到最后占有她。但苑子并不生气。这一切是有计划的也好,是算计好的也好,苑子都不介意,她的身体得到了前所未有的满足。

村尾每次都是乘出租车来苑子的公寓。

苑子笑着说:"你买了车,可以开车来的。"

村尾从不回应苑子的这些话。除了出远门,他从不开自家的车。这既是村尾的细心之处,也是他的冷淡之处。

"来得太晚了。"村尾一进屋,苑子就用围裙擦着手抱怨。

煤气灶上的锅冒着热气,旁边炒锅里的洋葱已经烧好了。

"刚要出门,来了个病人。"

"这样的解释,我已经听腻了。"苑子关掉煤气,帮村尾脱去西装外衣,俨然一副人妻的模样,"我都想出去走走了。"

"可是,你不是做好晚饭了吗?"

"你再晚来十分钟我就出去了。"

一个脸上还带有稚气的女人说起了成熟女人的抱怨话，尽管苑子可能没有意识到，实际上她的这些抱怨都饱含爱意。

"你几点从学校回来的？"

"五点回来的。想到老师要来，我又是买东西，又是烧汤……"

"我知道。"

苑子话还没说完，村尾就不由分说地吻住了她的嘴。毫无准备的苑子，被村尾紧紧抱在怀里，只能用两只手拍打男人的肩膀。虽然村尾的举动是强迫式的，但时机掌握得很好，他的这个动作让苑子不再羞怯和不悦。村尾把苑子抱到里间的床上。年轻姑娘的反抗，对于年近四十的村尾来说算不得什么。无论苑子怎样挣扎，他都会像哄幼儿一样让她听话。

村尾的这个能力让苑子更加肆无忌惮了，无论怎样挣扎，村尾都会让她舒服。她感受到和志贺之间不曾有过的放松感。只要她在某个地方闭上眼睛，放松身体，她总会进入轻松的愉悦之中。苑子被村尾那细长的手指任意地摆布着，她极力反抗那触摸过病人的手指，但她又从他的手指上感受到了满足。她希望他的手指冷酷地、尽情地、粗暴地蹂躏她的下体。事实上，正像苑子希望的那样，村尾的手指在一点点进入她的体内。

札幌的夏天，虽然白天气温接近三十摄氏度，和东京没什么区别，但夜晚仍很凉爽。然而苑子却觉得很热，与其说这是因为夏夜温度高，倒不如说是刚才的激情所致。

苑子拾起凌乱地扔在床两侧的内衣，穿上吊带衫，拴好超短裙的裤钩。

"太热了！"

她拉开蕾丝窗帘，又打开电扇。风吹到村尾的腿上。

"吃吧？"

"好。"

"我已经饿坏了。"

苑子回到厨房,把刚才烧好的汤加热。村尾开始穿衣服。他的肚子有些突出,但还算不上是肥胖。

"今后我的东西可以放在这里吧?"

"老师的东西?什么东西?"

和第一次见村尾时一样,苑子始终称呼村尾为老师。

"换洗的裤子、衬衣等。"

"我无所谓。"

"不会给你带来什么麻烦吧?"

苑子把锅从灶台上端下来,提高嗓门问村尾:

"会有什么麻烦?"

"我担心你的男朋友来这里时,我的衣服会碍事。"

"你真是个糊涂的老师。我才不会做那样随便的事情。"

"做了也没关系的。"

"你这话是什么意思?"

苑子回头看了看村尾,他在穿裤子。

"我并没有限制你的意思。你可以做你想做的任何事情。"

"我知道的。"苑子摆好了碗。

"我给你钱,是因为你很可爱。仅仅是给你一点零花钱,并不是为了束缚你。"

六月末搬到这里时,村尾给了苑子十万日元,七月末又给了她三万日元。虽然房租要一万五千日元,但函馆的家里每月都寄来三万日元,所以苑子并不缺钱。

"也可以再多给你一些。但一个学生拿的钱多了,就不像个学生了。"

"钱已经足够了。"

"请不要因为我给你钱,就想得太多。"

苑子走到村尾面前微笑着说:

"稍微让老师操点心就可以了,其他我什么都没想。"

"我也没操什么心。"

"今后会逐渐让你操心的。"

"是吗?"村尾坐到了饭桌前,"你姐姐没说什么吗?"

"她嘟嘟囔囔地说个没完。可我一搬出来住,她也就没办法了。"

"下周我来不了。"

"要去哪里旅行吗?"

村尾每周来苑子的公寓两次。因为诊所里有住院的病人,所以每次来只待两三个小时就回去。对于苑子来说,村尾既不是她的男朋友,也不是她的情人,可以说他仅仅是苑子"喜欢"的人,苑子有时又觉得村尾像是自己的父亲,但两人之间又有肉体关系。究竟该怎么看待村尾,苑子自己也不清楚。

村尾从不勉强苑子。每次来见苑子之前他都会先打个电话问:"我想去你那里,不知你方便吗?"如果苑子拒绝,他就不来,从不说"我给了你钱,你是我的恋人"这样强人所难的话。

有一次,苑子说:"我这儿有一个朋友。"

村尾听后说"那我下次去吧",就挂断了电话,语气平静得甚至让苑子有些失望。不过,这也许是村尾故意做出的一个样子。他有分寸又冷静的做法吸引了苑子。因为村尾从不强求苑子,反而让苑子无法背叛他。

"你暑假不回函馆吗?"

"回去也没什么意思。"

"你妈妈会担心你吧?"

"我妈那里好办,问题是我姐,她最近总是管着我。"

苑子发现姐夫有津和姐姐牧枝两人最近关系很冷淡。她反倒有些高兴。

十四

　　从札幌市中心开车去附近的海滩,不管去哪个地方都需要近一个小时。然而去靠近小樽的钱函、大浜的海边,若是从佐衣子家的所在地圆山出发,则省去了穿过市中心的麻烦,不到半个小时就可以到达。

　　暑假期间,纪彦去了三次海边,一次是学校组织的,一次是佐衣子的弟弟正树带他去的,还有一次是和佐衣子两个人去的。北国的夏季,只有七月中旬到八月中旬之间不足一个月的时间,其间热得让人想钻进水里去的日子只有很少的几天。一个短暂的夏天,去三次海边已经不算少了。

　　三次海水浴,使纪彦的脸变成了古铜色,他瘦弱的身体也增添了几分健壮的感觉。在东京时,虽然他们一家住在离湘南较近的自由之丘,但一年也就去两三次海边。在东京,要游泳的话,不是去学校的游泳池就是去附近的饭店。来到札幌,纪彦反倒喜欢上大海了。

　　当然,在东京时,夏天大部分时间纪彦是在蓼科的别墅里度过的,他家的别墅在离白桦湖两公里的平缓的山坡上。虽然那里有许多树木和昆虫,但离大海很远。

　　"瞧!我身上脱皮了。"

　　晚上换睡衣时,纪彦自豪地给佐衣子看他因太阳暴晒而脱了皮的后背。

　　佐衣子皮肤白皙,而且她不是一般的白,白里还略带些灰色。她的丈夫克彦可能是生长在东京的缘故，肤色不太白。纪彦的身体里肯定流淌着佐衣子的血液，但他那和清秀的面孔不太协调的浓眉，以及高高的鼻梁，都和她丈夫无关。

"我学会蛙泳了。"

"是吗？"

"是正树舅舅教我的。游二十五米已经没问题了。"

"可不要勉强。"

"那地方可以站的。没关系。"

从纪彦的神情举动里，佐衣子看到了另一个男人的影子。随着纪彦年龄的增长，这个影子越来越清晰。

"我还想去大海。"

"快到盂兰盆节时就不能进大海了。"

"为什么？"

"海浪太高，水也变凉了。"

"是吗？"

"盂兰盆节是祭祀死人的日子。"

"那，也祭祀爸爸吗？"

佐衣子点点头，其实心里还没拿定主意。丈夫克彦的墓在东京，佛龛和牌位都在自由之丘的宗宫家。

"那我们去东京吗？"

"……"

之前，佐衣子没有考虑过这件事。虽说并没有忘记，但也没有具体地想过。要说她也真够粗心的。

"东京的爷爷奶奶会替我们祭祀的，所以用不着去东京。"

佐衣子这话，与其说是讲给纪彦听，不如说是在讲给自己听。

"东京太热了。"

佐衣子觉得，这两年来纪彦脑海里父亲的形象好像淡薄了。虽然他不会忘记，但父亲已经是一个远方的人，是一个和纪彦的日常生活没有关系的人。这一点佐衣子很清楚,所以她才比较放心地说出心里的想法。

不只我会忘记克彦。

佐衣子想给这种淡化找个正当的理由。她希望有人对她说,丈夫都死了两年了,淡忘是很正常的。别人用这种话安慰她,她才能心安,觉得那是对淡忘的补偿。

纪彦何尝不是如此?

佐衣子需要这个理由。她觉得纪彦都淡忘了父亲,那么自己也会淡忘死去的丈夫,但这似乎只是佐衣子一厢情愿的想法。

虽说纪彦是克彦的儿子,但纪彦和他并没有血缘关系,两人仅仅是户口簿上的父子,何况纪彦还是个对这情况一无所知的孩子。而佐衣子则不同,她和克彦是夫妻,是自己托付处女之身的丈夫,是和自己肌肤相亲、共同生活过的人。

和纪彦完全不同。

佐衣子并不是没有意识到这个问题。有时,她也会想到她和纪彦的立场不同,但她很快就打消了这种念头。她想忘掉这些自己所不希望有的想法。有时她努力地说服自己,告诉自己已经可以忘掉克彦了。

正要钻进被窝的纪彦问佐衣子:"妈妈还不睡?"

"你是个男孩子,可以一个人睡了吧?"

纪彦看了看隔栅说:"妈妈说死人的事儿,所以我睡不着。"

"可他不是你爸爸吗?"

"爸爸死了,也是死人。"

佐衣子在心里重复纪彦的话,对,他是个死了的人。

"真想住在再小一些的家里。"

"那妈妈在你旁边写信吧。"

"好,写吧。"

纪彦放心地钻进了被窝。

"妈妈就在纪彦旁边,好好睡吧。"

"嗯。"

纪彦急忙闭上了眼睛,好像想趁佐衣子没睡之前睡着似的。佐衣子关掉房间里的大灯,打开小灯,又拧开床边小桌的台灯。她要写信向东京的婆婆问安,并商量脱离户籍关系的事情。她站起身,想拿些信纸。

原以为已经睡着了的纪彦这时闭着眼说:"妈妈不要出去。"

"妈妈不出去。放心吧。"

"妈妈说好在我身边的。"

"我就去拿个信纸。"

纪彦的脸被太阳晒得黑黑的,长长的睫毛把下眼皮都遮住了。这个孩子的身体里流着一个不知名的人的血。

突然,佐衣子的脑子里浮出一个不祥的念头。这个念头一出现,就像波浪一样向四周扩散,凝固了佐衣子的心。她忘不了当时那金属和橡胶手套的感觉。

当时……

"奸淫"佐衣子的,好像是一个硬邦邦的无机物,不是能够欢喜或悲伤的"人",而是"物"。

自己之所以被"奸淫",是因为丈夫……

佐衣子想起了克彦。和克彦在一起,充满了安稳和温馨的生活里,有一个欠缺,而且是致命的欠缺。因为有了这个欠缺,其他都难以维系。尽管后来他们有了纪彦,但这无非是从形式上填补了这个欠缺。一想起这些,佐衣子就脸色苍白。她忍受着屈辱,脸上却像戴了能乐面具似的毫无表情。虽然她受到了莫大的屈辱,却没有发泄报复的对象。留在她记忆里的只有那种玻璃的硬硬的感觉。她的悲哀似乎就在于,进入她身体里的那个"对方"是白色的、冷冷的无机物。

佐衣子忽然觉得那个"对方"就像是紫丁香花。

紫丁香花虽然开得很浓,但总有一种淡淡的冰冷感。它在向人们展示温柔的同时,又让人难以接近,有种生分感。无论怎么看,紫丁香花都不像是南方的花,而像是北国的。虽经百年,它依然改变不了那待人冰冷的态度。

就像街道如同棋盘一样横平竖直的札幌。

一个人独处时,佐衣子就会想起这件事。十年前自己在札幌冰冷的经历,始终留在记忆里。看着进入梦乡的纪彦,佐衣子低声说:"我已经厌倦了这种冰冷的感觉。"

第二天,佐衣子就见了有津。有津打电话约她,她立刻就同意了。有津大部分的电话都是白天打来的,因为白天的电话是佐衣子接,有时一周打一次,有时一周打两次。在电话里,他不是约见面的事情,就是没完没了地扯些关于纪彦、草木等方面的事情。

"偶尔你也给我打个电话嘛。"

"好。"

佐衣子答应得很干脆,但从未主动给有津打过电话。

"你是不是觉得反正我会给你打电话,所以才不给我打?"

八月初两人见面时,有津这样抱怨。

"不是的。"

"那为什么?"

"其实我非常想和你说话,好几次都走到电话机旁想给你打电话。"

"走到电话机旁,不打,结果还不是一样吗?"

"可是,我有些害怕。"

"害怕?为什么?"

"因为,给你打电话,你肯定会说要见我。"

"因为想见你,所以要见面。这有什么不对?"

"可是……"

佐衣子手摸着衣领。她不知道该如何回答。

"我的话没错吧?我说的话是符合逻辑的。"

佐衣子觉得这不是对与错的问题。

"不对吗?"

"我就是想听听你的声音。"

"你的意思是,打个电话听听我的声音就可以了?"

佐衣子点了点头,她觉得也许就是这样。

"这我就不明白了。既然特意打电话和我说话,那么谈到最后,想见面不是很正常吗?"

"是的……"

佐衣子觉得有津说得也对。

"你的话,我越听越糊涂。"

"如果见了面,只是看看你,那我是经常想见你的。"

"这不是没什么问题吗?"

"不,"佐衣子惊慌地抬起头说,"不是的。"

"不是?这个……"

佐衣子脑子里有许多话要对有津说。她想把所有的想法都告诉有津,可她能说出来的话,还不到她想说的十分之一。

"见了你,事情并没有就此结束。"

"你的意思是,见了面还……"

佐衣子垂着眼,点点头,脖子因害羞而变红。

"那都是我单方面的要求。不怪你。"

"见了你,我就会身不由己地听从你的安排。"

"……"

"你知道我会那样做的。"

"不是的。"

"不。是的。"

佐衣子的话出奇地干脆。

"你不必在意那些事情。"

"不,我很在意。"

有津觉得佐衣子的脸庞很美。

"真拿你没办法。"

"都怪你。"

"是吗？"

有津微微笑了笑。笑容里既有温柔又有自信。

他在取笑我。

佐衣子虽然这样想，但又觉得自己摆脱不了这种笑。

那次幽会仍和往常一样。他们在茶馆相聚，吃罢简单的晚饭就去了旅馆。不知不觉中，这已经成为两人幽会的模式。佐衣子口头上反抗、躲避，而身体却喜欢有津的行为。她心里说着讨厌，但身体又在有津的怀抱里。她的所有反抗都显得苍白无力。

究竟是怎么了？

反抗的想法在见到有津后很快就消失了，佐衣子很无奈。她一方面对此感到吃惊，另一方面又安于如此。

两人穿戴完毕，准备离开旅馆，有津拿起了房间里的电话。佐衣子对他说：

"今天不要叫车了。"

"那就在路边拦车吧？"

佐衣子点点头。有津打电话告诉柜台结账，之后两人离开了旅馆的房间。

如果他们从旅馆出来就一起坐上出租车，车在佐衣子家门前停下来，然后，有津一个人回自己的家。这简直就是在告诉出租车驾驶员，两人刚才在饭店偷情了。虽然驾驶员和客人没有任何关系，但佐衣子还是担心驾驶员会记住他们俩的面孔和幽会地点。佐衣子看着有津，心想：这个男人难道不在乎这个吗？

旅馆外面有些风。

"咱们走走吧。"

"好。"

"往河边走怎么样？"

旅馆门前的小路尽头是一段较平缓的坡路，顺着坡路爬到顶就是河堤。他们来到河堤上,视野顿时开阔起来。漆黑的夜空下,河面闪着白光。

"这风真舒服。"

河堤上的风比下面大些。有津一只手插在口袋里,缓缓地走着。河堤下静悄悄的,看不到车辆,也没有行人。佐衣子默默地跟在他后面。

夜幕下的河流像是凝固了似的,只能听到它轻微的流淌声。河对岸的灯光,以及夜空下的山都是静止的。

"我们下次什么时候见面?"

"不知道。"

"下月初怎么样?"

"咱们不要再这样幽会了,好吗?"

"为什么?"

"见得多了,你就厌烦了。"

"不会的。"

"我说的是真的。因为偶尔见一次,所以你才会想见我。"

"怎么会?我可不是那种乱搞女人的人。"

"这可难说。"

刮过来的风里夹杂着敲鼓的声音,好像哪里在跳盂兰盆舞。以前这一带的河滩上曾举行过盛大的盂兰盆舞表演。后来,随着街区的扩大和城市的重新规划,盂兰盆舞消失了。现在的鼓声,一定是从附近的某个街区组织的小型盂兰盆会上传来的。北国夏天的终结是以盂兰盆会为象征的。

有津说:"我每天都想见你。"

"……"

"你不想每天见我吗?"

"那种话怎么能说出来?"

"不,我说的是真心话。"

"快别说了。"

"我真不知道你是怎么想的。"

"那你想让我怎么做?"

"怎么做？"

"你不觉得这样对你太太和孩子不好吗？"

佐衣子心里有股火在燃烧。

"好，还是不好，我也不清楚。"

河堤上很暗，也没有行人。

"折磨你妻子，不可能好吧？"

有津重复佐衣子的话："不可能好。可是，虽然不好，但又停不下来。"

佐衣子停住脚步，抬头看着有津："你太太不知道我们俩的事情吧？"

"不知道。"

"真的吗？"

"她也许知道，也许不知道。"

"你这话说得真不负责任……"她更加激动地说，"你是爱你太太的，对吧？"

"……"

"你肯定非常爱你的太太。"

"不，不是的！"

"比起我来，你更爱你的太太。"

"不是的。"

"你一约我，我就来了。你肯定认为我是个很傻的女人。"

"……"

"你心里在笑我吧？我是一个玩弄起来很方便的女人。"

"快住口！"

有津突然抱住佐衣子。佐衣子侧转身子扑到有津怀里，充满了悲伤。

"是的！肯定是的！"

佐衣子哭了起来，她低声抽泣着把脸伏到有津胸前，闻到了有津身上的味道。虽然说不清楚那是一种什么味道，也许原本就没有什么，但被有津抱在怀里时，她就会觉得他身上有种特殊的味道。

风带来了城市里的喧闹声。宣泄完情绪的佐衣子，像丢掉了一件包袂似的平静下来。她自己导演了这一幕,几分钟前那激动的情绪已经消失得一干二净。

她缓缓抬起头来。有津一言不发地看着河面。她用手绢擦了擦眼角,想打开化妆盒补补妆,但在夜晚的河堤上有些不方便。

佐衣子站在有津左边,低声说:"请原谅。"

有津像什么事都没发生似的说:"咱们走吧。"

两人沿河堤走到桥头,有津拦了辆出租车。坐上出租车后,佐衣子才彻底平静下来。一静下来,她就开始后悔刚才说的那些话。

"下次把纪彦也带上,我们一起去兜风吧。"

"把纪彦也带上?"

"我好久没见他了。"

"……"

有津继续问道:"要不星期天,你看怎么样?"

"好的。"

"要么去支笏湖,要么去洞爷湖,都行。"

"可是你……"

"我没关系。你看下个星期天怎么样?"

"好吧。"

"我想,那里已经不像夏天那样拥挤了吧。"

佐衣子觉得有津很体贴。

"去洞爷湖,当天来回有些紧张。要不我们去支笏湖吧?"

"去哪里都行。"

"那么,我们就星期天上午十点见面吧。"

有津始终看着前面。

"在方便停车的 G 饭店大厅会合,怎么样?"

"你不必那么勉强。"

"没什么勉强的。去支笏湖的话,可以慢慢玩,傍晚就能回来。"

佐衣子点了点头。她在心里告诉自己,暂时不要想有津的妻子和孩子。

十五

盛夏过后,北海道的"螃蟹族"就消失了。

螃蟹族是指从北海道以外的地方来北海道观光的二十多岁的游客。他们不论男女,都上穿毛衣下穿裤子,背着鼓鼓囊囊的背包,像螃蟹背着甲壳一样,于是就得了"螃蟹族"这么个名称。夏季的札幌,到处都是外地来的螃蟹族。

有津不喜欢这些螃蟹族。尽管这些游客想趁着年轻,尽可能少花钱,多看一些地方,并不是坏事。但是,近来这些螃蟹族不太懂规矩,非常缺乏礼仪。不管别人怎么看,至少有津这么认为。

螃蟹族也会到植物园游览,看到园里那些高大的树木,他们很是陶醉,五六个人聚在一起,在园里无拘无束地唱歌、奔跑。令人头疼的是,他们一进药草园,就又揪叶子又掐花的。尽管他们只是想留个纪念,但植物园是公共的,这种做法显得很没有教养。

一个月前,螃蟹族还请求有津允许他们在植物园里搭帐篷。在树木环抱的草地上搭个帐篷,也许很惬意,但有津当即拒绝了。植物园是憩息和放松心情的地方,又不是露营的地方。对于植物学专业的人来说还是学习的地方。尽管在草地上搭上一两天帐篷,并不会造成什么损害,但允许他们搭一次帐篷,就等于永远允许他们搭帐篷;取消一个小小的限制,就等于取消所有的限制。有津拒绝他们的要求,正是出于这个理由。

拒绝了螃蟹族的要求后,有津问志贺:"其他地方的学生到了东京,去新宿御苑、芝公园等地方,会不会提搭帐篷的要求?"

"不会提的。"

"那里当然不会允许搭帐篷。不过,让我特别气愤的是,他们竟然会无耻地提出这样愚蠢的要求。"

"大概是因为出门在外就不在乎羞耻了吧。"

"话虽然这样说,但他们做得也太过分了。"

"也许吧。"

有津以为年轻的志贺也许会给他一个满意的回答,但志贺对这件事的态度模棱两可。

有津对志贺说:"前不久我听大学的朋友说,那帮人大多乘飞机来。"

"是的。听说他们乘飞机来到这里,到旅馆后就变成了螃蟹族。"

"那不是没必要硬做螃蟹族吗?"

"是觉得当螃蟹族有意思。因为,那种装束象征着年轻和自由嘛。"

"象征年轻……"

有津看着被树叶挡着的窗户,心想自己要是像那些螃蟹族一样年轻和自由,会怎么做?

志贺说:"人也只有在他们这个年纪才会那样胡来。"

"你会做得出来吗?"

"我已经不行了。"

"我觉得不能因为年轻就胡来。"

有津厌恶螃蟹族,也许是因为他们做了自己做不了的事情,但他害怕这样想。

志贺突然一脸老成地说:"年轻这东西总是暂时的。"

有津像是想拂去不愉快的心情似的问志贺:"萨老白茨原野的土壤分析结果出来没有?"

"迟迟没有弄出来的水苔泥炭的结果,昨天出来了。上萨老白茨的泥炭,分解度平均为3.38,而下萨老白茨的为5.12。"

"那是因为上萨老白茨的泥炭里掺杂有泥炭层下部的物质。"

"我也是这样认为,现在去给你拿资料。"志贺转身大步朝房间走去。

八月份的最后一个星期天,秋高气爽。

有津一般只在周末和节日才开车。平时上班时间要求不严,他都步行去单位,偶尔才会开车上班,这让他感觉很好。尽管在别人看来,放着车不开有些可惜。他的车是今年春天刚换的蓝鸟汽车。

看到有津早早起来收拾汽车,牧枝问他:"要去哪儿?"

"去筱路。"

筱路是离札幌最近的一个泥炭地,他已经去过多次。

"傍晚才能回来。"

牧枝什么也没说,站在他身后看他擦车。

久美子从屋里出来问有津:"爸爸,你要出去?"

牧枝说:"爸爸说要去筱路,跟爸爸说说,带你一起去吧。"

"嗯,我要去。爸爸,我可以去吧?"

"不行!爸爸去工作。"

"可是,志贺不是也要去吗?"

"一起去是一起去,可是怎么能带着孩子去工作呢?"

牧枝对久美子说:"你爸说了,不行。"

"真没劲儿!"

牧枝和久美子回屋去了。有津有点疑惑,妻子故意说这些话,是不是知道自己要和其他女人去兜风?不,她不可能知道。自己没对她提起过,也没有在笔记本里写过,妻子为什么会那么说?

也许是女人的直觉吧。

有津心里很不舒服。

他到达G饭店大厅时,佐衣子和纪彦已经等在那里了。

有津跟纪彦打招呼:"好久没见你了。"

纪彦向有津鞠了个躬:"您好!"

可能因为是第二次见面,纪彦的声音大方而清晰。

佐衣子说:"今天天气真好。"

她身穿长风衣,配一条白色的裤子。有津第一次看到佐衣子穿西式服装的样子,不过,苗条的佐衣子倒是挺适合穿西式服装的。如果没有纪彦在,有津会把这话说给佐衣子听。

佐衣子和纪彦坐在车的后排,这让有津有些寂寞。

"藻南公园那里新开了一条翻山路。咱们从那里去怎么样?"

"怎么都行。"

"我也就走过一趟。路面还没铺好,但那条路近。"

"我是第一次去,一切都听你的。"

"即便是慢慢走,十一点半之前也准能到。"

"我带盒饭来了。"

"那太谢谢了!"

车离开饭店,向西开去。有津戴上太阳镜,握住方向盘。太阳虽然明亮,但并不耀眼,有津戴太阳镜主要是不想让别人看到自己的车里坐着别的女人,但他又怕佐衣子看出他的这种心思。

星期天上午,郊外的汽车比市中心多。收音机里放着他熟悉的音乐。

"开了几年车了?"

"驾驶证已经拿了九年了。"

"那你是老驾驶员了。"

"基本上没出过事故,你放心吧。"

佐衣子笑着说:"都交给你啦。"

有津忽然想到,要是在这里发生了交通事故,结果会如何?在通往支笏湖的路上,自己的车里坐着一个陌生的女人和一个孩子。妻子知道了会说什么?每进行一次这样小小的冒险,就得撒谎,不知为什么,有津有些恼火。

路比想象的要平坦。翻过山,穿过落叶松树林,支笏湖就到了眼前。

从札幌到这里刚好花了一个小时。透明度居日本第三的支笏湖的湖面上倒映着初秋的白云。

"真美!"

佐衣子和纪彦从车里探出身子欣赏窗外的景色。有津把车开到一个面积不大的平地上停了下来。

夏天过后,热闹一时的湖畔安静了下来。即便如此,因为是星期天,仍然有不少家庭和情侣到这里来,不过还算不上热闹。来这里的人数还不足以破坏这个山中湖的宁静。

"我们去订个房间吧。"

"别订了。这么好的天气,待在屋里太可惜了。"

三人下了车。绿树环绕在湖的四周,微风拂面,感觉非常舒服。

"这地方真美!"

佐衣子朝湖边走去。风吹到她身上,穿和服时显现不出来的身体线条,此时完全显现了出来,那是只有有津清楚的线条。

有津对纪彦介绍说:"那边冒着一缕缕烟雾的是樽前山。那座山喷发时,这一带落满了火山灰。你坐飞机降落的千岁机场一带,在那时也变成了不毛之地。"

纪彦问有津:"这个湖也是火山喷发形成的吗?"

"对。这个湖叫破火山湖,它是火山口周围凹陷后形成的湖。"

"我在书上读到过。"

佐衣子在后面听着两个人交谈,忽然觉得三个人要是父母和孩子的关系该多好。她对自己这个大胆的想法很是吃惊,立刻打消了这个念头。

有津提议说:"咱们划船吧?"

"我们能划吗?"

"放心吧,包在我身上。"

于是有津划船,佐衣子和纪彦面对面地坐在船上。

佐衣子碰到了船边的水,说:"水真凉。"

"我记得这是日本排名第三的深水湖,所以它的水温基本不受外界温度的影响。"

太阳已经升到了他们头顶。湖水、天空、群山,全都静止了。

我们三个要是一家人该多好。

有津看着纪彦,觉得他的脸、鼻子像自己,但又不敢肯定。

"你是不是累了?"

"不,不累。"

有津慌忙划起桨来。他一时只顾着看纪彦,忘记了手里的船桨。

"真想唱首歌。"

"那就唱来听听。"

"不行,我唱歌不好听。"

一个小时后,三人上了岸。已经下午一点了,湖边的游人比他们刚来时多了些。

佐衣子提议:"咱们吃饭吧。"

"我们去那边的饭店吃吧。"

"可是,在饭店吃我从家带来的盒饭,不太好吧?"

"我们可以买一些他们那里的东西。"

"饮料我也带来了。也许不合你的口味,还是吃我做的盒饭吧。"

"我当然要吃的。"

"咱们去那边的山丘上吃,怎么样?"

山丘上的树林里有木制的长凳和桌子。

"那咱们走吧。"

纪彦朝山丘跑去,佐衣子在后面追纪彦。有津刚想去追他们两人,发现有人拽住了他的胳膊。佐衣子和纪彦已经跑远了。

看着两个人的背影,有津回过头来。

"姐夫好!"

眼前站着的是苑子。

"怎么回事儿?"

"我正想问问姐夫是怎么回事儿呢。"

"我随便到这儿看看。"

"我都看到了。"

苑子的眼神里透着笑意。

有津说:"其实也没什么……"

"没关系的。"

说罢,苑子朝右边的树林里跑去。有津顺着苑子跑走的方向望去,只见那边有个男人背朝着这边。那人个子高高的,穿一身灰色西装。

那个人就是苑子喜欢的男人吗?

有津想起苑子曾说过对方是个中年男人,他看着他们两人消失在树林里。

有津赶紧追上佐衣子母子,佐衣子问他:"是你的熟人吗?"

"哦,这个……"

"没给你添什么麻烦吧?"

"没,没什么麻烦。"

有津考虑着是不是要把那个人是自己的小姨子这事告诉佐衣子,但又觉得这样做像是要对佐衣子解释什么似的。他想,要是佐衣子再问的话就直接告诉她,可是,佐衣子没有再问什么。

树林里供游客休息用的凳子和桌子都是用圆形木头做的。佐衣子在上面铺上垫布,然后打开她带来的篮子。三明治、饭团、煮鸡蛋、水果等,装了满满一篮子。

"老师说过讨厌西餐,所以我准备的都是日本料理。"

佐衣子把一个包着锡纸的饭团递给有津。

"这太好了。"

"这个孩子也不太喜欢面包。"

"这么说,和我一样。"

有津看了看纪彦,他正大口地吃着饭团。

"好久没在户外吃过饭了。"

"你以前应该郊游过的吧?"

佐衣子拿着三明治,笑着说:"不过,那都是学生时代的事情了。"

树林里不时传来小孩子说话的声音,也有其他人在树林里吃盒饭,他们看上去都是一家人。看着他们那些人,有津发觉自己和佐衣子母子也会被别人看成是一家人。他有些紧张,但佐衣子的举止非常自然,看样子她是实实在在地享受着三人在一起的时光。吃了两个饭团,有津就觉得吃饱了,他还没吃三明治和水果。

"把它都吃了吧。"

"不了,我吃不下了。"

"还剩这么多。回去路上饿了说一声。"

佐衣子把剩下的食物收拾到了篮子里,纪彦把喝了一半的果汁递给她。

静静待着时,树林里还是有一丝凉意。开始变长的芒草穗,告诉人们秋天确实来了。

"咱们沿湖边走走吧。"佐衣子指着阳光下朦朦胧胧的对岸说,"到对岸有路吗?"

"好像到河的那头就没路了。因为是破火山湖,所以湖边就是山。"

三人往前走,林间黑色的土壤有些潮湿。他们往前走了大约一百米,树丛消失了,湖水出现在他们面前。

佐衣子像少女似的挺着胸,深吸了一口气说:"真舒服!"

湖面上吹来的风,轻轻拂着佐衣子微微露出的胸部。她外衣上白色的褶边在秋风的吹拂下飘动着。看着美丽的佐衣子,有津产生了淡淡的情欲,但他的欲望很快就消失在了秋天明亮的阳光里。

三人沿着山丘坡道下到湖边。有津观察了一下周围,苑子和那个男人都不见了。他们在湖边散了会儿步,又回到船上,划到停船处时,已经过了三点。

"咱们到饭店的院子里看看吧。"

湖畔只有一处称得上饭店的地方。饭店院子里的草坪一直延伸到湖边,五颜六色的遮阳伞下摆放着桌子。

纪彦抢先坐到一个靠近湖边的桌子旁,说:"我们坐这里吧。"

有津问佐衣子和纪彦:"来点什么?"

纪彦答道:"我要果汁。"

佐衣子想了一下:"我要一杯热咖啡吧。"

太阳虽然还高悬空中,但已经没有那么刺眼了。在有山有湖的地方看天空,才会发现秋天已经越来越近了。

佐衣子看着醉人的风景说:"这里真安静。"

偶尔传来的汽车喇叭声,更让人觉出湖区的安静。

佐衣子像刚想起来似的说:"我第一次来这里时,还是女子中学二年级的学生。"

"当时这里更安静吧?"

"当时山丘上还没有饭店和停车场。不过,我记得当时好像就有这个饭店了。"

"这是个老饭店了。"

佐衣子转身朝身后的树林望去。

有津说:"支笏湖和洞爷湖相比,我更喜欢支笏湖。"

他刚说完,佐衣子马上说:"我也是。"

"虽然洞爷湖光线明亮,充满了生气,也很美,但它不是北方的湖。"

佐衣子看着湖面点了点头。

有津说:"这个湖可以说是有些幽邃,有点阴郁。"

"仔细看它,会让人有些害怕。"

"事实上也可怕。"

"你说什么?可怕?"

佐衣子的视线离开湖面,转身看向有津。

"从表面上看,它很温顺,可它一旦发起怒来就了不得了。"

"你是说这个湖吗?"

"有一次,台风来的前一天我住在这里。那已经是五六年前的事了。我一辈子都忘不了这个湖发怒的情形。"

"那……湖发起怒来是什么样子?"

"左侧那个突出到湖里的地方,前面有一个叫毛拉普的露营场。当时我住在那里的林业经营署的小房子里。第二天,湖里的小船都被掀翻了。"

"船上的人遇难了吗?"

"听说,那天晚上,湖里已经起大浪了,他们还是划船去了湖心。"

"他们为什么要那么冒险呢?"

"有人看见是一对情侣。"

"那是不是说……"

"湖边的人都说他们可能是殉情自杀。"

"你看到他们的尸体了?"

"没有。这个湖,人一旦沉下去,尸体是不会浮上来的。"

"为什么?"

"好像湖底是个凹槽,里面长了许多树,沉下去的尸体被树枝挂着就浮不起来了。"

"当时他们的尸体也……"

"应该是沉到了这个湖底。"

"就是沉到了这里吗?"

佐衣子恐惧地看着湖面。湖面静静的,闪着星星点点的银光。

"当时的情形和现在截然不同。"

"……"

"太激烈了。"

"什么?"

佐衣子回过头来,发现有津在看她。她问有津:"怎么了?"

"没什么。"

"我是……"

佐衣子话到嘴边,又慌忙把眼睛垂了下去。

那个湖……

佐衣子的眼睛看着远处,心里却觉得有津刚才也许看到了自己内心的湖。

湖区的夕阳很短暂,前后不足十分钟。随着太阳下沉,景色也在发生变化。

佐衣子忽然觉得有些冷。这和太阳西沉有关,也和看湖水太久有关。有津似乎看出了佐衣子的心情,对她说:"咱们走吧。"

"好。"

"回去时咱们走别的路吧。先到千岁,然后走国道回去怎么样?"

"怎么走都行,我无所谓。"

"路稍微远些。"

"你不累吗?"

"不,这比去泥炭地强多了。"

有津拿着结账单站起身来。湖畔一带的行人已经少了很多。一家一户的游人少了,剩下的大部分都是年轻的情侣。停船处的男子在朝湖里的船呼喊着,湖面上的五六只小船,在夕阳里看上去就像皮影戏里的影子一样。

三人朝停车场走去。途中,有津说:"过几天还要出去。"

"什么时候动身?"

"九月中旬。"

"去哪里?"

"这次远些,去标津。"

"标津?"

"在钏路北边靠近野付半岛的地方。"

佐衣子兴奋地说:"我知道标津那个地方。"

"你去过那里?"

"没去过。不过,我学生时代一个叫小杉的朋友嫁到了标津的一个牧场主家。"

"那一带的奶农很多。那你一直没见过你那个朋友吗?"

"去年秋天我刚回札幌时,我们见了一面,当时她说下次冰雪节时再来。听说那地方的草原大得惊人,草原那边就是一望无际的大海。"

"那地方叫野付风莲道立自然公园,夏天的景色很美。可以看到国后岛,还可以看到知床的群山。"

"朋友寄给我的明信片上有照片,我看过。"

"我冬天也去过一次。那边到底是边境地区,太冷了。那里不怎么下雪时,结了冰的雪原上汽车可以随意跑。"

"真令人难以置信。"

"冬季,数百只天鹅来到那附近的尾岱沼和风莲湖,那景象非常美。"

"真想去看看。"

"那你也去吧。"

"可是……"

佐衣子回头看了看身后的纪彦。

"你务必去……"

"这次去的时间长吗?"

"大概半个月左右,中间可能会回来一趟……"

佐衣子边走边微微点着头,这不意味着去,也不意味着不去。她无法保证一定会去。

纪彦跟在他们身后,看样子有些疲惫,一方面,是由于在野外待了一天,另一方面,也许是因为两个大人谈个没完没了,他有些无聊。

快走到车附近时,有津突然凑到佐衣子脸旁说:"这次你一定要去。"

"这……"

"你可以说是去你那个朋友家。"

有津打开车门。和来时一样,佐衣子和纪彦坐在后排。汽车爬了一段坡道,来到山丘上,透过树林也能看到夕阳下的湖水。但车向左一拐,就看不到湖水了。湖边的路弯弯曲曲的,过了一座小桥,再朝前行驶五六分钟,就是平坦的公路了。路两旁是冷杉树和白桦树,还可以看到抽了穗的芒草。

佐衣子问有津："这一带的土是火山灰吗？"

"对。在柏油路上感觉不出来，但林间的路土质松软，颜色灰白。你看，虽然这里也生长着草木，但没有特别高大的植物。"

正像有津说的那样，这里虽然也有树林，但感觉不怎么茂盛。一条笔直的路从林间穿过。

佐衣子说："树林的深处有路。"

"过一段时间，到了落叶的季节，走在那条路上，会明显感觉到土很松软。"

佐衣子朝车窗外的树林望去，从整体上看，树林是黑黑的一片。仅从外部来看，很难想象里面还有一条灰白色的道路。车穿过树林，路右边有一条和湖相连的小溪，溪水清澈，呈深蓝色，让佐衣子想起划船时碰到的冰冷的湖水。车子过了千岁就是通往札幌的国道，对面开来的汽车已经打开了车灯。

"纪彦睡着了？"

"我刚才问你火山灰地的事时，他就睡着了。"

"大概累了。"

佐衣子看着晚霞映照下的纪彦的脸，笑着说：

"他无忧无虑的，想睡就睡。"

有津手握着方向盘，像是瞅准了时机似的说：

"下次，请你务必来钏路。钏路秋天的美景在札幌是看不到的。"

"……"

"就不能抽三天的时间吗？三天的话，还可以去阿寒转转。"

"可是……"

"可是什么？"

"没什么。"

佐衣子沉默了，她想问有津，离家三天去钏路那里，究竟会怎样？会有什么结果？

"我得去东京一趟。"

"户籍关系还没搞好吗?"

"东京的婆婆不想让纪彦脱离户籍。"

"可是,她也不能就这样把你绑在他们家吧?"

"倒也是。"

上了国道,车一下子多了起来。由于是星期天,出游回来的私家车很多,其中既有举家出游的,也有成双成对的情侣。

不知道苑子怎么样了。

有津忽然想起苑子和那个男人,不过他很快打消了这个念头,决定回家再考虑。佐衣子望着满天的红霞,回想这一天的过程,感觉有点不可思议。她清楚,自己这算是出了趟远门。眼看道路两旁的住房多了起来,车在不知不觉中已经进入札幌,行至灯火通明的大街时,有津问佐衣子:"直接回家吗?"

"麻烦你直接送我回家吧。"

"然后呢?"

"然后?"

"今晚能不能出来?"

"你是说把纪彦带回家后吗?"

"对。"

"这可不行。"

"是吗?"

有津明知道不行,可他还是再次问佐衣子:"真的不行?"

车穿过薄野,向西开去。看到熟悉的山脉,佐衣子知道离家不远了。

有津又问佐衣子:"那么,下次什么时候见面?"

"你打电话来吧。"

"明天行吗?"

佐衣子没有回答,她对有津说:"有件事想问问你。"

"什么事?"

红灯亮了,车停了下来。

"今天,你为什么要让纪彦和我一起去呢?"

"为什么?"

"是不是有什么原因?"

"没,也没什么原因。"

"要是没什么原因就好。"

绿灯亮了。路上的车子开动起来,大部分车都打开了车灯。

佐衣子把话题扯到了别的地方,她问有津:"这么晚才回来,你家里人会很担心吧?"

"没关系。"

"你孩子在等你吧?"

有津严肃地说:"这和你没关系。"

佐衣子心里说道:和我没关系,确实和我没关系。

从前面的柏油路向右拐,再走半条街,就是佐衣子的家。

"就在这儿停车吧。"

佐衣子通常都在拐角的地方下车。

"纪彦!纪彦!"

佐衣子叫睡着的纪彦下车。

她对有津说:"今天一天真是太谢谢您了。"

"今晚还是不行?"

佐衣子用眼神告诉有津,晚上不能出去了。她再次对有津说:"谢谢您!"

有津目送他们母子的身影消失在夜色中,慢慢发动了汽车。此时他才意识到,这一天的欢乐是要付出代价的。

十六

接下来的星期天，有津一整天都待在家里。有津星期天早晨通常很晚才起床，然后看看报纸或者做点别的什么，高兴了就带久美子出去散步，中午他一般会看电视转播的围棋或象棋比赛，接下来要么看其他电视节目，要么去书房看书。而这个星期天，有津不想外出，因为刚和佐衣子度过了秘密的一天，这算是补偿一下妻子牧枝，但这只是有津的想法。在牧枝看来，这个星期天只不过是丈夫的又一个有些懒惰的一天。

有津来到书房，像往常一样躺在沙发上看起杂志。大约过了一个小时，客厅传来女人说话的声音，也许是邻居家的太太来了。又过了一会儿，他有些困了，就把书丢到一边，两手垫在头下面，看着墙上的窗户。外面好像有风，树叶在晃动。有津眼睛看着树叶，心里想着佐衣子。从支笏湖回来后，他们还没见过面，尽管只过了一个星期，有津却觉得像分别了十几天一样。去支笏湖那天，两人没有发生关系。不发生关系的幽会，对有津而言就等于没有幽会。

佐衣子在做什么？

有津展开了想象的翅膀。他抽出双手，闭上眼睛躺平身子，进一步想下去。手里的书滑到了他背部和沙发之间。他正要把书拿开，响起了敲门声，有津没有应答。妻子进书房是不敲门的，说不定是久美子在捣乱。有津摆了个看书的姿势。

敲门声又响了起来,听声音像是很细的手指在敲门,不像是小孩子的敲门声。有津抬起头,门开了。

"在睡觉?"进来的是苑子。

"怎么是你?"

"是不是打扰你了?"

苑子坐在沙发对面的椅子上,高领的白毛衣清晰地衬托出她平缓的双肩和圆圆隆起的乳房。

"你什么时候来的?"

"我来了一个多小时了。"

"见你姐了吗?"

"见了。她还是对我说教,所以我就逃到姐夫这里来了。"苑子伸了伸舌头,看了看四周说,"今天星期天,在干什么呢?"

"躺在这儿看书。"

"哦。"苑子凑到有津跟前说,"姐夫还真行。"

"什么真行?"

苑子恶作剧般地笑着说:"上次呀,在支笏湖。"

有津拿起了香烟。

"那个女人挺漂亮的。"

"我和她没什么……"

"难怪姐夫那样投入。"

"哎!小点声!"

"没关系,我姐姐在洗衣服。"

苑子看了看门口,缩了缩脖子。有津大口抽着烟。苑子又往他跟前凑了凑:"不过,没想到姐夫还有一个私生子。"

"私生子?"

"是,长得很像你的。"

"哪里,那个孩子是她……"

"姐夫用不着跟我撒谎,我不会告诉姐姐的。"

"可是……"

"太像姐夫了。"

"说这样的话,你的意思是……"

"我不是说这件事情的好坏。这种事,旁人说什么都没意义。只是,我刚看到时,觉得你们三人在一起的情景特别和睦,让我很吃惊。"

有津不知该说什么。

"那个小男孩上小学四年级了吧?"

"上几年级也有问题吗?"

"算起来,应该是和我姐姐结婚以前就有那个孩子了。没想到姐夫藏得还挺深。我要刮目相看了。"

"不是你说的那样。"

"那孩子连走路的姿势都像你。"

"不会吧?"

"真的!要是让我姐姐看到了,非吓昏过去不可。"

有津觉得血在往上涌。他想起露崎曾说过,要判断孩子是不是亲生的,最好请别人去看。

那个孩子真的是我的?

虽然有津有这种预感,但经别人指出来,他还是会吃惊。听了苑子的话,他有些不知所措,但同时心里也踏实了许多——纪彦果然是自己的孩子。

苑子问有津:"这事儿也许有些麻烦。姐夫接下来打算怎么办?"

"……"

有津也不知该怎么办,这倒是有津想问的。

"罪过呀。"

"情况不是你说的那样。"

"可是,孩子是你让她生的吧?"

实际情况也的确像苑子说的那样。那个孩子是有津的,是他让孩子生出来的,但其中还有些不同的东西。

白色的,冷冷的……

有津想起了十年前那个冰凉的试管。玻璃试管滑溜溜的,让他有一种绝望感。

自己和她之间隔着一个玻璃管子。

有津不想对苑子解释这件事,怎么对她解释,她也不会明白的。他忘不了当时那个玻璃试管的感觉。

"我可是站在姐夫这一边的。"

"站在我这边?"

"这件事,我不会告诉姐姐的。"

"……"

"姐夫你自己考虑好就行了。"

有津点了点头。

苑子问有津:"姐夫看到我的那个他没有?"

"没有……"

有津想起湖畔树林里那个男人的背影。

"要不要让他和姐夫见个面?"

"还是不见比较好吧。"

"是吗?"

"按照你的说法,在喜欢和讨厌这个问题上,别人是无法体会的。"

"没错。别人是不可能理解的。"

苑子稚气的脸上掠过一丝成熟女人的表情。有津觉得那是一张被爱折磨着的脸。

苑子说:"也行,不见就不见吧。"接着,她自言自语似的微笑着说,"只能顺其自然。"

听到这句话,有津突然对苑子产生了未曾有过的亲切感。

这是不是就是所谓的一丘之貉?

有津也苦笑起来。客厅里传来牧枝叫苑子的声音。

"姐姐叫我,我过去了。"苑子给有津使了个眼色,"姐夫,今天的事咱们都要保密。"

"嗯。"

有津老老实实地点了点头。

苑子麻利地站起身,说了声"拜拜",就从屋里走了出去。

十七

到了九月下旬，札幌就进入了真正的秋天，天已经很冷，家家都得生着火炉。

三天后，有津就要去标津的川北原野了，他在抓紧时间做准备工作。这次他要在那里待上半个月，那里的冬天要比札幌早半个月到一个月，因此，必须准备厚毛衣和外衣。

牧枝半认真半讽刺地说："每次去野外，你都会变得精神百倍！"

的确是这样。到了野外，周围都是男人，又不受时间和规定的束缚，可以自由自在地生活，与之打交道的也只有泥炭。泥炭和植物是有津生活的一部分，所以，对有津来说，去野外当然是很愉快的。不过，从初夏开始，有津的心情发生了一些变化。离开札幌就意味着离开佐衣子。"泥炭和我，哪个重要？"这是佐衣子动情时一句不经意的问话。当时，有津笑着回答说这两者是不能放在一起比较的。对他而言，这就像让一个人比较重量和长度一样，有津慢慢开始在心里比较起泥炭和佐衣子的重要程度来，尽管他自己也觉得这样的比较很可笑。

是泥炭重要还是佐衣子重要呢？

最后，他得出一个结论，让佐衣子来野外，问题就解决了。有津觉得这似乎是一个很大的发现。不过，和上次去萨老白茨时一样，这次他去川北原野，佐衣子也没有要跟着一起去的意思。有津曾多次动员佐衣子，每次她都说"真想去",可就是不说"去"。

有津问佐衣子:"你为什么不去呢?"

"我没有勇气一个人去那里。"

"这算什么理由!"

他知道佐衣子没有撇下孩子、欺骗母亲、一个人去和男人幽会的胆量,但有津还是坚持邀她去。和佐衣子分别后,有津发觉自己的要求有些过分。佐衣子下不了决心是很正常的。

最近不知为什么,很急躁。

有津自己也很困惑。

三天后,有津按计划出发了。这次,有津也给佐衣子写了三封信,第三封信里还夹有照片,那是有津和学生们去野付半岛旅行时照的。一张照片上,牛群的身后是大海,远处可以看到国后岛。另一张是荒原的照片,上面是一大片墓碑似的枯死的杉树林,这些树木都是由于地壳下沉,树干受到海水侵蚀而枯死的。

有津在信里写道:"你要是能和我一起来这里该多好!"

但佐衣子觉得浸泡在海水里的死树很可怕。她觉得即便是和有津一起去那里,那情景肯定同样可怕。不知为什么,佐衣子近来害怕看到冷色调的景色。

"再有一周他就回来了。"

佐衣子看着照片,计算着有津回来的日子。

这段时间,佐衣子强烈地压抑自己。无论有津怎么写信劝她去野外,她都坚决不同意,也不给他回信。她想忍耐一下给有津看。从有津离开札幌的那一刻,她就下定了这个决心。她没给有津回信,有津马上就写信表示不高兴,但她总算坚持了下来。

有津回来的那天,她却立刻去见了他。之后,等待她的,和有津从萨老白茨回来那次是一样的。然而,佐衣子很满足,她这次原谅了自己,毕竟已坚持了二十天。也许是因为忍耐了太久,那天晚上,佐衣子不可思议地异常兴奋。

下个不停的雨加深了秋天的感觉。佐衣子家院子东南角的色木槭、枫树开始落叶了。星期天早晨,佐衣子的父亲请来园艺人员为院子里的花草树木做入冬的护理。虽然是请人来做,但他自己也到院子里帮忙,纪彦也跟着跑了出去。作为篱笆墙的栎树,枝条已经开始萎缩,需要绑上竹竿把它们支撑起来,以免下面的枝条被雪压断。园艺人员在绑篱笆时,佐衣子的父亲和纪彦则动手把怕冻的树木搬到南面的地窖里,八角金盘、茶花、南天竹、桂花树等树木,都要在地窖里待上半年。

佐衣子没有侍弄过这些花草。学生时代,曾被父亲逼着帮过一两次忙,但她半路就逃跑了。她觉得那些都是老年人做的事,不适合年轻姑娘。她不想出去帮忙,却喜欢看别人在院子里忙活。那侍弄花草树木的情形,让人觉得亲切。护理花木的工作当天没有弄完,停了下来。

由于夜晚气温降低,纪彦睡觉前的几个小时,需要点煤气炉把卧室里烘一下。待纪彦入睡后,煤气炉就得关掉了。佐衣子觉得包上蒲草席的树木立在院子里,看起来像人站在那里似的。母亲拉开门走了进来:

"纪彦睡了吗?"

"刚刚睡着。"

"你能不能跟我到客厅坐坐?"

"有事吗?"

"刚好你爸也在……"

母亲的话说得很含糊。

"把煤气炉关好了。"母亲走出了房间,佐衣子跟在母亲后面。走廊上有股寒气,她忽然担心起以后的事情。客厅里的电视关了,父亲喝着茶,在看报纸。

佐衣子跟父亲搭话说:"今晚很冷。"

"说是今晚有可能下霜。"

母亲转身从橱柜里拿来了茶碗,告诉佐衣子:"得给纪彦买新大衣了。"

"去年的大衣不能穿了？"

"他又长个子了，袖子都短了。"

"纪彦现在的衣服是越来越不合身了。"

佐衣子端起茶碗，嘴唇接触到茶水的热气，让她又感觉到温暖。

"妈妈是不是有话要说？"

"哦，也没什么大事儿。"

母亲直起身子，从身后橱柜的抽屉里拿出个纸包说："东京那边，情况没什么变化吧？"

"看来还是去一趟为好。"

"刚才和你爸爸也商量了。既然纪彦户籍的事情已经拖到了现在，是不是维持现状为好？"

"维持现状？"

"你想想，脱离了那边的户籍，纪彦就得随我们家的姓。接下来如果再改姓，那他不就要改两次姓吗？"

"改两次姓？"

"你要是再婚了呢？"

"再婚？"

"你是怎么想的？"

"我怎么想……"

"你不想再婚吗？"

"……"

"克彦已经去世整整两年了，所以，你现在再婚也很正常。"

"可是，我还……"

"而且，如果终归要再婚的话，还是早点再婚好。"母亲喝了口茶，接着说，"其实，有一个我觉得很不错的人家。"

"介绍给我的？"

"是的。对方比你大七岁，身边有一个女孩子，那孩子今年上中学二年级。对方说，正好你身边有个男孩子，挺好的。"

佐衣子看着母亲,觉得她说的事情好像与自己无关似的。母亲打开了手边的纸包。

"你爸爸也认识那个男子。"

"爸也认识?"

父亲这才放下手里的报纸说:"他自己经营一家很大的印刷厂,妻子也是两年前去世的。"

"……"

母亲从纸包里拿出一张四寸大的照片:"这是他的照片,你看看。"

在母亲的催促下,佐衣子接过了照片。虽然照片拿在手里,但佐衣子害怕看它。她有些担心,觉得一旦看了照片,自己就会跌进无可挽回的深渊,可她又没有果断拒绝的勇气。

母亲介绍道:"虽然对方个子不是很高,但很精干壮实。"

佐衣子慢慢低下头。照片里,男子在中间,右边站着一个女孩子。男子身材微胖,圆脸,对着镜头在微笑。她觉得好像在哪里见过这个人。女孩子戴着帽子,穿一件连衣裙,面带羞怯,长得不太像父亲,看上去苗条而华贵。照片的背景是树林和草地,看样子是在某个公园的一角照的。

母亲说:"对方有个女孩子,和纪彦也比较好相处。"

佐衣子看着照片,没有说话。这个男人变成自己的丈夫,这个女孩子变成自己的女儿,她觉得这样的事还很遥远。

"你也是一个带着孩子的人,不能要求过高。"

佐衣子想到了有津,有津也有孩子。

"你觉得可以吗?"

"我还没想好。"

"这倒也是。可你总不能一直一个人过。"

这是母亲经常挂在嘴边的话。

"一方面纪彦也需要一个父亲,另一方面女人最好身边有一个男人。"

母亲说得没错。但是,有道理并不等于要照着去做。不能因为没有依靠就结婚,这里面还必须有其他的什么。佐衣子知道,这个"其他"指的是爱,但她害怕提及这个字,如果把这个字说出来,那一切将会崩溃。

"他姓川野。"

川野,川野……佐衣子在脑子里默念着。

"他人很好,又自己经营着公司,所以以后经济上也没什么担心的。"

"……"

"只要你没意见,对方是没问题的。"

"可是,我也没见过他。"

"他认识你。"

"认识我?"

"他来过我们家一次,记得是你去接从钏路来的朋友那天。因为你很快就要出门了,所以只是让你往客厅里送了茶水。"

的确有这么回事儿。因为突然来了客人,母亲让她去端茶。她觉得在哪里见过这个男人,可能就是当时留下的印象。

"妈妈当时为什么不说?"

"他当时是顺便来我们家,所以就没跟你说。"

"真讨厌!"

所谓钏路来的朋友,是从标津回来的有津。偏巧自己见有津时的装束给他看到了,佐衣子既害羞又恼火。

"妈妈太不为我着想了。"

"不要这么任性。妈妈也希望你有一个喜欢的人,能和那个人结婚,就再好不过了。"

"……"

"你有心仪的人没有?"

"什么?"

"你有喜欢的人吗?"

佐衣子急忙摇头说:"没,没有。"

她担心母亲看穿她的心思。

母亲安慰她似的说:"倒也不是要你马上给对方回话,不过对方挺急的。"

一直听她们母女谈话的父亲突然说:"我和你母亲并不是要强迫你再婚。如果你愿意,你可以一直住在这个家里。这样我也不至于寂寞。"

佐衣子抬头看了看父亲,她很久没有和父亲谈过心了。

"可是,我和你妈不可能一直活着。不久,正树也要结婚。我们也打算给你和纪彦留下住的地方。但是,仅仅这样做,我和你妈会不担心吗?"

母亲接着父亲的话说:"你又没有出去工作过,万一有个什么情况,你一个人带着纪彦怎么生活?"

父亲又说:"总之,我们希望你和纪彦幸福就好。"

母亲接道:"女人还是要结婚才好。"

"如果你不喜欢,也可以回绝他。"

"她爸!"

母亲瞪了父亲一眼。可是,父亲毫不在意地接着说:"虽然是再婚,可这也关系到你的幸福,所以你好好想想,想好了再决定。"

"可是对方很令人满意的……"

"这和佐衣子无关。"

"可这样一来……"

"你能不能不说话?"

挨了父亲的训斥,母亲不再说话了。佐衣子理解父亲的好心。

"没必要匆匆忙忙地做决定。"

父亲起身伸了个懒腰,回里面的卧室去了。

植物园的正门处种植了许多花草。在那些鲜艳的花朵中,数春天郁金香的红色和秋天鼠尾草的红色最美。当鼠尾草的红色消失后,植物园就进入了冬季的休假期。

接近闭园日的十一月三日,枫叶变红,树叶凋落,植物园上空一下子变得空旷起来,有津看着这些景色朝办公室走去。

闭园的日期一天天临近,要安排打扫落叶、缠裹各种树木等工作,有津一下子变得忙碌起来。

整个上午,有津都在忙着开会研究这些工作。当工作大体安排妥当,会议结束时,已经十二点多了。

有津正要回自己的房间,志贺走过来问他:"老师,午饭去哪儿吃?"

"要不我们去G饭店的地下餐厅吃吧。"

"那我陪你去吧。"

有津上班一般不带盒饭,而是去植物园附近大楼里的饭店用餐。通常要么是I会馆,要么是H西式小食堂,有时他也会稍微多走几步去G饭店的地下餐厅。

志贺说:"天越来越冷了。"

有津附和道:"听说中山山口那里下雪了。"

两人竖起衣领,手插在裤兜里向外走去。路边的银杏树在阳光下闪着光。

到了饭店,有津说:"我吃炒饭。"

志贺说:"那我也吃炒饭吧。"

要的炒饭还没端上来,有津点了一支香烟:

"今年的告别会安排在什么时间好?"

"植物园里花草树木的越冬准备工作才进行了一半,所以,放在快结束时怎么样?"

从春季到秋季的开园期间,他们会临时雇一些人员负责卖票、整理草坪的工作。闭园后就暂时解雇他们,再举行一个告别会。有津说的告别会就是这个。被解雇的人员到了来年春天开园时还会再回来,所以说这次分别是暂时的。

志贺说:"今年的告别会要不要在外面搞得隆重些?"

有津问他:"外面有什么好地方吗?"

"有两三个不错的地方。"

"那就请你找找看吧。"

这时饭送了上来,两人停止了交谈。吃完饭,原本就很淡的阳光更淡了,天空像被冻住了似的,看上去是一片灰色。

"看样子要下雪了。"

"是。"有津附和道。

路上的行人大概是怕冷的缘故,个个都缩着身子匆忙赶路。走到公交车始发站旁边的大楼前面时,志贺忽然问有津:"最近,您见过苑子吗?"

有津看着落光了叶子、光秃秃的树梢说:"苑子?没,没有。"

"是吗?"

"是不是发生什么事情了?"有津放慢了脚步。

志贺说:"没,也没什么特别的事情。"

"她从家里搬出去后,好像来家里玩过一次。"

"她是不是真的和谁住在了一起?"志贺问有津。

"这个,我想不会吧。"

"是吗?"

"苑子的事情你不清楚?"

"我连她住在哪里都不清楚。"

"是吗?"

"老师,能不能问问您太太?"

"问问她倒也没什么,苑子还不至于不让我们告诉你地址吧?"

"这个,我也说不准。不过苑子的确在回避我。"

"她为什么要回避你?"

"也没什么特别的原因。不过,她总是会自然而然地回避我。"

"这么说,你一直都没见过她吗?"

"一个月前曾见过她一次,可是后来……"

"当时你没问她住哪个公寓吗?"

"问是问了。可她说暂时不想公开自己的住址。"

"不过,你们一定谈了许多吧?"

"谈的都是些不着边际的事情。譬如衣服和老师的事情。"

"我的事情?"

"是的。说'姐夫最近工作很认真'什么的。"

有津苦笑着说:"净胡说八道。"

不过他心里还是很不踏实。他问志贺:

"你们谈的就是这些吗?"

"还谈到学校、医院的事情。"

"医院?"

"是的,苑子说想当护士什么的。"

"莫名其妙。"

"真搞不懂女人都在想些什么。"

"她会慢慢回到现实中来的。"

两人来到了植物园大门前的红栎树下。

有津问志贺:"你现在依然爱苑子吗?"

志贺望着冷冰冰的天空说:"是的。"

有津点点头:"挺好的。"

他心里在想,这里也有一个不显山不露水的痴情男人。

十八

一天早晨,佐衣子做了一个很淫荡的梦。梦的细节她已经想不起来了。只是从梦中醒来后,她有种冰冷的感觉。已经半个多月没见有津了,没和他见面,并没有什么特别的理由。要么是有津给她来电话时她不方便出去,要么是她没有主动给有津打电话。就这样,两周过去了。两个人同在札幌,却半个月没见面,这种情况还是比较少见的,有些不太正常。这半个月里,她像贝壳一样把自己紧紧地封闭起来。在她内心深处是有必须再婚的想法的,尽管如此,她还是做了那样淫荡的梦。躺在被窝里的佐衣子,虽然对梦到的淫荡情景感到害羞,但她依然沉浸其中。

算起来,自第一次和有津发生肉体关系以来,已经过去了半年。之前的两年里,她的身体从未接触过男人。而她曾和丈夫一起生活了七年多,丈夫克彦是个亲切而通情达理的人。他是个建筑工程师,从事过各种各样的设计工作,却没有从事他那种工作的男人常有的任性和蛮横。且不说克彦在外面如何,在家里,他是一个非常低调的男人。

如同在工作上的表现一样,克彦在性方面也同样循规蹈矩。佐衣子常常得到克彦温柔的慰藉和爱抚,但是,丈夫的温柔很单调,每次过性生活的方式都是一成不变的。佐衣子习惯了丈夫一成不变的做爱方式,以为做爱的方式就是那样。如果她一直那样认为的话,就会感到满足和充实。

假如一直那样的话……

近来,佐衣子反复回想那七年间自己在性方面的懵懂和懊恼。假如不是有津的出现,她会一直懵懂下去。即便自己的性处于半觉醒的状态,也不至于像早晨那样主动产生对性的需求。这样,她就可以谨慎地、缺乏性激情地生活下去。自己的性可以由懵懂转入休眠,永远埋藏起来。

这半年究竟都发生了什么?

七年的懵懂,仅半年就被冲洗得一干二净,从时间上看是违反常理的。但是,这半年来,过去她所不知道的世界,在她的身体里一步步地扩展开来。如同场场秋雨促秋深一样,和有津每见一次面,她对有津的感情就加深一步。这种感情是深层次的,是她快要进入休眠状态的肉体的要求。尽管肉体的要求与理智无关,但也不能置之不理,身体的欲望已经吞噬了她的理智。她的所有痛苦都来自理智和欲望的纠缠。

佐衣子没想到自己会如此轻易地发生改变。她没想到伴随着担心和恐惧的性行为会使她发生如此的改变。可以说,担心和恐惧这样的情绪反而使两人的偷情更加有诱惑力,更加刻骨铭心。但是,很难说佐衣子意识到了这一点。即便她意识到了,她也不愿这样想。她害怕幽会,而这种害怕又进一步加深了佐衣子偷情时的愉悦。如此说来,佐衣子也太辛苦了。

是那个人改变了我。

她憎恨这一点。佐衣子此时没有想到自己本身也存在变坏的可能。生活在被动中的女人,只能被动地进行思考,这也不足为怪。

是那个人不好。

这么一想,佐衣子又平静了下来。但是,很快她就吃惊地发现她并不恨那个男人。她觉得自己不可能不恨那个男人,但是又有个声音在心里说,那个男人不坏。佐衣子就这样徘徊在爱和恨之间。

傍晚时分下起了冻雨,到了深夜,冻雨变成了雪。雪不大,到了早晨就停了。静悄悄的院子里,欧洲花楸的红色果实显得格外鲜艳。这么早就下起了雪,让纪彦很吃惊,高高兴兴地上学去了。

父亲从木箱里搬出仙人掌和万年青说:"幸亏把它们放到了箱子里,不然就冻死了。"

当夜晚气温过低时,父亲就会把植物放进木箱里,还在木箱里塞上毯子,以保持温度。

"在你爸爸眼里,盆里的花木比我们还重要。"

母亲的话里带着讽刺的味道。父亲像是没有听见似的,把花盆摆到阳台上。

佐衣子透过玻璃窗看着院子里的雪景:"好久好久没看到过初雪了。"

在夏天,院子里枝繁叶茂的甜楮看上去很大,可现在一下子瘦小了许多,隔着挂着雪的枯枝,可以看到外面路上的行人。

母亲告诉她:"今年的雪还比去年晚下了五天呢。"

"去年雪下得比今年还早?"

"早晨电视上说的。"

看样子,母亲年纪越大,看过的东西就记得越牢。

十点,佐衣子开始打扫里屋的房间。在阳光的照射下,雪早就开始融化了。她正要拉上走廊上的拉窗,忽然发现门外的台阶上摆着一大一小两双木屐。木屐埋在雪里,只露出了带子。那是给院子里的花木做越冬准备时,父亲和纪彦穿过的,后来就一直放在那里,没有拿进来。

佐衣子笑着自言自语:"摆放得倒是挺整齐的。"

她掸掉木屐上的雪,想把它拿起来,却发现木屐有些沉。原来木屐已经冻在了台阶上。

过了正午,佐衣子出去购物时,雪已经快化完了,只有树根和背阴处还留有一些雪。

今夜不会再下雪了。

望着光秃秃的树木,佐衣子想起晚上要去见有津的事来。可是,到了傍晚,佐衣子觉得可能又要下雪了。白天柔和的阳光,到了下午渐渐被一层薄云笼罩。

"会不会又要下雪？"

"气温降低了,所以,说不定还会下雪。"

佐衣子和母亲说着话,心里考虑着去见有津该穿什么衣服。

五点刚过,太阳就落山了。像是等着太阳下山似的,黑色的天空立刻又飘起雪花来。

"要出门？"

佐衣子正在穿和服,母亲走了进来。

"是的。昨天不是跟您说了吗？去见一个朋友。"

"是吗？"

母亲看了一眼正对着镜子穿衣服的佐衣子,像忽然想起来似的说了句"天冷了,早点回来",就离开了房间。

母亲是不是有什么话要对我说？

佐衣子回想起母亲的表情。

莫非母亲知道我是去和男人约会？

母亲那非常熟悉的脸,瞬间变得陌生起来。

穿上淡紫色外套,佐衣子的脸看上去更加苍白,那是她紧张的心情造成的,可同时她又充满期待。和她擦身而过的人,即便有的会回头看她几眼,也绝对看不出她身体里正燃烧着情欲的火焰。

"咱们去球藻吧,好久没去那里了。"

在茶馆等候的有津看到佐衣子进来,就立刻拿着账单站起身来。

"下雪了,我担心你来不了。"

"为什么下雪就来不了？"

有津说:"也没什么特别的理由。我这话说得的确可笑。"

球藻显得很拥挤。许是冬天到了,人们都喜欢吃热腾腾的菜肴吧。

"二楼的房间马上就好。"

"马上？"

"另一组客人马上就离开。"

这时,三个男人从楼梯上走了下来,其中一个人看到有津,朝他喊道:"有津!"

"啊,在这儿碰到你了。"

"你好吗?"

"我还好。好久没见你了。"

"自从上次分手,一直都没见过你。"

"一直想去拜访你的,可是……"

"是吗?好了。那再见吧。"

男人把视线移向有津身后的佐衣子。

进入房间,女服务员正忙着收拾桌子上的东西。

有津问佐衣子:"你想吃什么?"

"我也不知道。"

佐衣子看了看房间,想起第一次来这里的情形。

有津说:"还是要些热菜吧,要不点个河豚火锅吧。"

"好的。"

有津对服务员说:"要一个河豚火锅,还有酒。"

佐衣子再次对自己说,自己还是拗不过有津。

"天一冷,这里的人就多得不得了。"

"没给你添麻烦吧?"

佐衣子想起刚才和有津打招呼的那个男人。她在后面,只看到那个男人的侧脸,尽管她看得不是十分清楚,但总觉得在哪里见过他。

"不要紧,他是我上学时体育组的学长,是个医生。"

"医生?"

"嗯……对。"

有津慌忙含糊其辞起来——就是那个男人让他和佐衣子联系到了一起。十年了。十年前的露崎比现在瘦得多,也没有胡须。不知佐衣子是否还记得露崎。有津问她:"你认识他吗?"

"不认识。"

"哦。"

有津从西服口袋里掏出了香烟。

老板进来时,两人已经开始吃河豚火锅了。

"两位来了!"老板朝佐衣子点了点头,然后对有津说,"上个月底我去了趟野付。"

"情况如何?"

"收获没有去年多,不过也收获了这个数。"老板伸出了右手的三根手指头。

"我去了半个月。"

两人把佐衣子撇在一边,谈起了打野鸭的事情。佐衣子边往自己盘子里夹河豚边听两个人说话。比起他们谈话的内容,她觉得看他们那么投入的闲聊本身就很有意思。

"下次我准备去日高,这个……"老板说到这儿,好像忽然意识到似的对佐衣子说,"只顾闲聊,打扰您了。您慢用。"

佐衣子给老板还了礼。老板知道自己和有津的关系,把女人带到了解内情的男人面前,不知道有津是怎么想的。

吃完饭后他们来到饭馆外面,雪依然在下。饭馆门前的雪经过车碾人踩,已经变成黑色,但房顶和小巷的雪都还是白色。

有津像往常一样,拦了辆出租车带佐衣子去旅馆。车行至一座桥,从那里看去,河流两边的房屋全都被雪覆盖了,静悄悄的。

随着和有津约会次数的增多,她心里渐渐没有了一开始的羞愧和害怕。

但是,那天她心里面有一个与往日不同的负担。

也许是由于下雪……

从进入旅馆到被有津抱在怀里,对佐衣子来说,是一段很难熬的时间。一方面她后悔不该再来旅馆,另一方面她又渴望早点得到有津的拥抱。她不想离开有津,但又有逃走的念头。

来这里的目的纯粹是为了性。

佐衣子害怕这样想,但反反复复发生的除了性没有别的。尽管事实如此,可她就是不愿这样想。激情结束后的空虚感,也许是为了让她知道和有津的交往说到底就是为了肉体的结合。

那天晚上也是这样。激情过后,留给她的只有肉体上的满足感。可肉体的满足感越强烈,她就越无法忍受。

不能仅仅是肉体上的结合。

这个男人是怎么想的?他会满足于这种单纯的肉体上的结合吗?看着躺在床上悠然地抽烟的有津,佐衣子不清楚他是怎样想的。

"下次什么时候见面?"

有津照旧这么问佐衣子。上次他这么问,上上次也是这样问。他一直都这样问。而和他见面后的结果也都是一样。

"下周能不能尽早见面?"

"我不行。"

"能不能想个理由出来?"

听着有津的问话,佐衣子想起了照片上的那个男人。那个男人看中了佐衣子和她的家庭。

只要我同意,明天就可以组成一个家庭。

这个念头一下子强烈起来。她觉得这与她和有津的幽会没关系。这个想法,在她今天为了和有津幽会而离开家的那一刻就有了。向有津公开这个想法只是时间的问题,激情过后的现在就是个机会。激情过后的空虚感,让佐衣子公开这个想法的冲动强烈起来。

"下周一或周二怎么样?"

"我……"

有津这才在床上转过身来。佐衣子坐到了梳妆台前。

"怎么了?"

"也许我不能再和你幽会了。"

"不能?"

听到这句话,有津从床上爬了起来。

"是的。"

"你胡说什么！为什么？"

"这个……"

"是别人说什么了,还是讨厌我了？"

"……"

佐衣子看着窗外。被有津追问,她感到痛苦和难以忍受,但是她又有些高兴。选择有津还是选择那个男人,这是佐衣子的自由。两个男人在围着她转,她可以小心地让两个男人高兴或痛苦,而且,如果其中一个男人不好,她还可以到另一个男人身边去。

有津是个靠不住的港湾。不过,到时候自己可以逃到照片里的那个男人那里。

以佐衣子为核心的游戏开始了,她不想轻易放弃这个有趣的游戏。

"怎么回事？"

"我家里有些情况……"

"你家里？是你父亲还是你母亲？要么,是纪彦？"

"不是的,不是说他们哪个人怎么了。"

"不是因为他们。那是不是有谁干扰你？他怎么干扰你的？"

有津越是发火惊慌,游戏就越有意思。她喜欢这个男人,不想离开他,所以想折磨他。

"总之,我们再怎么幽会,结果都是一样的,所以……"

"不对！我们幽会一次,我们的爱就加深一步,不是吗？"

"我总感到很空虚。"

佐衣子说的倒也是实话。

"空虚？不要胡说！我爱你,你也爱我。我们相信,即便不在一起,我们也是彼此相爱的。你为什么会感到空虚？还有比我们这样更充实的吗？"

"真的充实吗？"

"真的充实。这个世界上再没有比彼此相爱更充实的了。只要有了彼此的爱,人就可以超越一切地活下去。"

"每次幽会都来这个地方……"

"这里不是很好吗？因为你觉得这地方讨厌，觉得不正常，才会那样想。但是，只有这里才有爱。在一本正经的家庭里，在安稳的生活里，不可能有真正的爱。"

"是吗？"

"这还用说！男女之间的爱，一旦稳定下来，就立刻变得索然无味了。当你稳定了，放心了，爱立刻就会褪色。正因为爱的不稳定性和随意性，才会迸发出激情。"

"所以你才把我带到这个地方来吗？"

"不，这倒不是。现在是因为不得已，没办法才……"

"我讨厌老是到这样的地方来幽会。"

佐衣子对自己说的话感到吃惊。这话说得太大胆了，表面上她是反对来这样的地方，其实她是想和有津结婚。因为她喜欢有津，所以才难以说出口。原本这是句难以启齿的话，她却大胆地说了出来。

"那……"

有津不知怎么说才好。从他的眼神中可以看出他很痛苦。佐衣子觉得不能再责备有津了。期待的日子总是感觉很长，这令人愉快，就这样也挺好。想到这里，佐衣子换了个话题："你最爱的是你的妻子吧？"

"不。我对你的爱胜过对我妻子好几倍。"

"可是，你不是因为爱她才和她结婚吗？而且还生了孩子，还和她生活在一起。"

"这……你说得倒也是。我无法否认。但现在不是这样了，现在我一直在爱着你。对你的爱胜过对其他任何人的。"

"我承认，除了你妻子，你爱的是我。"

"佐衣子！"

听到有津的喊声，佐衣子回过头来。有津像野兽似的盯着她。她一方面享受着有津受到伤害的表情，另一方面又对自己这样拼命折磨有津的行为有些自责。

"世上有许许多多家庭,山上、大街上、小区里,到处都有。然而,并没有因为真正相爱而住在一起的男女。"有津缓和了一下口气接着说,"别人怎样想,我不知道。但我是这样想的。"

"……"

"这样的旅馆,也是因为有像我们这样的人才经营得下去。"

有津看了看窗户,玻璃和窗帘把屋子里的一切遮挡了起来。

"那是因为男人花心,才需要这样的旅馆。"

"你说的情况也存在,但并不都是因为花心才来这里的,也有认真的人。"

佐衣子觉得有津的话也许是对的。也有些男人来这里不单单是为了偷情,有津肯定是这样的男人之一。这一点,佐衣子从一开始就清楚。正因为这样,她才会和他幽会。现在再对他说这些,会显得很可笑。

佐衣子也不知自己为什么会说那些话。

"我……"

有津抢先问她:"是有人动员你结婚吧?"

有津穿好衣服,看着窗户,窗户被厚厚的窗帘遮挡着,不清楚外面是不是还在下雪。但不知为什么,有津总觉得外面的雪好像停了,雪后的寒气好像钻进了他的身体。

他点上香烟,像好不容易才考虑好了似的抬起头来说:"这么说;你是想结婚了?"

佐衣子垂着眼摇了摇头。她觉得只要让有津明白自己不想结婚就可以了。她担心说出来会产生什么误解。

"那你为什么还要结婚?"

"……"

"是周围的人动员你结婚的吧?"

"……"

"自己明明不想结婚,也要按照周围的人说的去做吗?"

佐衣子依然没有回答他,不回答也可以理解为认可了有津的问话。

她的这种态度,让有津更加焦躁。

"你不是小孩子,也不同于十七八岁的姑娘。这么大的事情,你为什么不按照自己的想法去做?"

从佐衣子的侧脸上,有津看到了一个女人的倔强。

"你爱那个男人吗?"有津接着问道,"比起我来,你是不是更喜欢他?"

佐衣子带着失望的表情看着有津那张略显僵硬的脸。自己肯定是爱有津的,所以才这么痛苦。这个男人为什么要问这样的问题?她觉得有津简直是个小孩子,而且是个撒娇的小孩子。

"你到底喜欢谁?"

这是不需要回答的问题。但是,也许回答了,男人才能感到放心。

"我不爱那个人。"

"那么,你为什么还要和他结婚?"

"我不能一直就这样下去。"

"可是,那也没必要去和不喜欢的人结婚。"

"我这样一个人感到不踏实。"

"不踏实?"

佐衣子点头说:"对。"

"那个人怎么样?"

"怎么样?"

"他是初婚还是再婚?有没有孩子?"

"……"

"他在哪儿工作?"

佐衣子再次低下头,她不愿回答这些问题。在交欢后的房间里被追问这些问题,她很生气,她觉得有津太不体贴了,她甚至想把耳朵堵起来。不过,这对有津来说也同样如此。他之所以问佐衣子这些话,都是因为佐衣子先告诉了他这些事情,如果有可能,他也不想问这些问题。

"那你是怎么回复对方的?"

"我还没回复他。"

"还没有吗?"

"是的。"

岂止是回话,连面还没见。然而不知不觉中,和这个男人结婚似乎变成了明天就要定下来的很紧迫的事情。事情发展到这步,好像都是由于有津急着追问造成的,但也不能全怪有津,这与佐衣子藏头露尾的说法也有关系。

有津坐在桌子前,支起一只胳膊,手托着脸。

佐衣子并不是要折磨有津,让他苦恼。但是,看着男人为自己痛苦,倒也是一件很惬意的事情,甚至还有一些残忍的喜悦。

佐衣子说:"我觉得我们一直这样下去,也是一件不好的事情。"

"你说得不对。"

"总是这样给你添麻烦,我心里也很痛苦。"

尽管她说得很温柔,但实际上她的话是在一步步地把有津往一个方向上逼。

"麻烦?"

"是的,你有妻子。"

"我倒不觉得是什么麻烦。"

"可是,我们这样做是不对的。"

"这不是对与错的问题。"

"你问任何人,都会说这是不对的,肯定是不好的。"

"我们彼此相爱,相爱的人不可能不见面。"

"可是……"佐衣子咬了咬嘴唇说,"我们不能伤害其他人,不能给别人带来不幸。"

"我也不觉得我们这样就是好的,但不能因此就断绝我们之间的关系。"

"不,我觉得我们还是应该断绝关系……"

"我不知道我们断绝了来往后我会变成什么样。我会恍恍惚惚,甚至无法工作。"

有津握住自己的双手,那是抓土的两只大手。

佐衣子说:"我……害怕。"

"害怕?"

佐衣子恐惧似的用手捂住脸。

"怕什么?"

怕的原因有多种。有津身后始终都有他妻子和孩子的影子,她害怕让她们两人痛苦。他的妻子如果来质问,自己将无言以对。但话又说回来,和有津分手的话,结果会如何?有津说他会精神恍惚,无法工作,而自己的情况也许比他还要糟,岂止是恍惚,说不定会寂寞得发疯。

佐衣子对心里潜藏的另一个自己没有把握。一旦另一个自己行动起来,不知道会做出什么事情来,这也是让她感到恐惧的地方。

有津说:"我想和你生活在一起。"

"你说这样的话合适吗?"

"这没什么。我真是这样想的。"

"你瞧不起我,你已经看透了我。"

"为什么这样说?"

"否则你不会说出这样的话来。"

"你说得不对。"

"肯定是这样。因为你说的不是真心话,所以才说得这么轻松。虽然你嘴上这样说,但心里压根儿就没想过我真的会带着纪彦去你家。因为你认为我做不出那种事情,所以才会满不在乎地说出这样的话。"

"你胡说什么!我是真心的。"

"那么……"

佐衣子话到嘴边又咽了回去。她后面的话是显而易见的,无非是"请你和我结婚吧""请你和你妻子分手吧",但这些话是不应该用语言表达的,不是一个女人应该对男人说的话。男人只说,我爱你,我喜欢你,而不具体说怎么办。男人觉得爱情只有在这种不清楚的状态下才有可能维持。如果都问清楚了，话说得太透了，关系就变得乏味了。

只有决定分手时，才能说那样的话。而现在，佐衣子还舍不下对有津的爱，还不急着给两人的爱画句号。她对有津说："算了，就说到这儿吧。"

"可是你结婚的事儿……"

"好啦，那是我骗你的。"

佐衣子到嘴边的话忍着没说出口。有津能体会到她温柔的用心，剩下的就需要有津自己去考虑了。

"咱们走吧。"

有津的声音有些嘶哑和低沉。佐衣子起身扣好外衣的纽扣。

"请原谅。"

"原谅？"

"请原谅我说的那些不着边际的话。"

"说哪里话！你没必要道歉。"

他们一路走到旅馆出口，那里有一个养着热带鱼的大鱼缸，站在自动门旁边的女服务员鞠着躬说："谢谢光临！"

来时的雪已经停了。夜幕下，周围是一片雪白的世界。佐衣子的耳边传来汽车轮胎上防滑链条的声音，一辆出租车停了下来。看来是因为雪融化得很快，所以出租车并没有换上防滑轮胎，只是在轮胎外面加上了铁链子。

上车后，有津只对驾驶员说了句"去圆山"。佐衣子用披肩发半遮着脸，看着前方。车迅速向左转上了桥。佐衣子刚才为了显得温柔而忍着没有再追问有津。看着雪夜的河流，她突然发现刚才的温柔都已经变成了悲哀。

十九

送罢佐衣子,有津回到宫之森的家时,已经十一点半了。下了出租车,有津发现下过雪后,山显得比平时大了许多。门前的雪地上有人走过的脚印。

有津在家门口推了一下门,门没开。他这才发现门上了锁,于是就按了按门铃。到了深夜,住宅区里独门独户的人家会觉得不太安全,所以牧枝常常会把门锁上。按了三次门铃也不见有人从家里出来,于是有津从口袋里掏出了钥匙。

每当很晚回家时,有津就不按门铃,自己拿钥匙开门。牧枝十二点以前不睡觉,到了十二点,她就先睡了。有津每个月最多有一次晚上十二点以后回家,通常都是和大学的朋友出去喝酒。和佐衣子幽会的晚上,他回家从没有超过十一点。

家门口开着一个小灯,地上摆着妻子的高跟鞋和久美子的长筒靴。有津看了看静悄悄的走廊,走到客厅。客厅里开着灯,桌子上摆着饭菜。

有津脱下西装,松了松领带。

最近,有时有津十一点多回来,牧枝已经睡了。有津回家后一般不吃饭,但今天他想喝些热茶。他找出电水壶,自己烧水喝。不知牧枝醒了还是没醒,她依然没有起来。如果她知道有津是偷完情回来的,那她的这种行为就可以理解为是对有津的抗议,但牧枝从未说过一句责备他的话。事实上,也毫无证据可以证明牧枝知道有津和佐衣子的关系,不能仅凭有津回来得晚,牧枝睡得早并且没有起来,就断定牧枝知道他和佐衣子的事。

有津也没往卧室看,他松开领带,正想坐在桌子前看会儿报纸,才发现桌子上有一张留言条。留言条是牧枝写的,上面写道:

今天苑子吃安眠药了。我和久美子马上去医院。是行启大街的挂井医院。

有津反复看了两遍,慌忙朝电话机旁跑去。他想找电话簿,可能是因为太急了,怎么也找不到。他好不容易找到了医院的电话号码打过去,可是始终无人接听。

"这些浑蛋!"

有津拿着听筒,非常气愤。又等了很长时间,电话那头终于传来了女护士的声音。

有津问她:"今晚是否有一个吃了安眠药的患者住进了你们医院?"

"您说的是中西小姐吧?"

"她情况怎么样?"

"刚刚洗过胃,现在睡着了。"

"那……她没有生命危险吧?"

"这个,我也不太清楚。应该没问题。"

"好像有一个叫有津的陪护着她,能请您喊她一下吗?"

"请稍等。"

大概是门诊的电话,护士走后电话里一点声音也听不到。

苑子为什么要这样做?

有津十分恼火,一直在嘟囔着这句话。过了很长一段时间,电话那头终于传来了妻子牧枝的声音。

"情况怎么样?"

"医生说问题不大了。"

"具体情况还不太清楚吗？"

"医生说问题不大，我想就是没问题了。"

听声音，好像妻子也很生气。有津问她：

"她到底吃了什么？"

"说是吃了叫布洛巴林的安眠药。"

"吃了多少？"

"好像吃了一百多片。"

"简直是胡闹！"

"……"

"她为什么要吃药？"

"这事儿你不清楚吗？"

"我？我怎么会知道！"

"因为你好像有时会和苑子见面。"

"我和她见面？我……"有津一下子害怕起来。

"我说得不对吗？"

"你不要胡说！"

"总而言之，和男人这么不正常的交往，注定就会是这样。"

"那……她留下什么遗书没有？"

"留了。"

"遗书上都写什么了？"

"说是忍受不了痛苦了。"

"就这些吗？"

"就这些。"

有津嘟囔着"忍受不了痛苦"这句话。他想起苑子那充满朝气的声音和青春四溢的身体，没想到一个如鲜花初放的二十岁的女人会那样痛苦。

"我要挂电话了。"

"挂电话?"

"久美子也跟我来了。苑子还没有苏醒,会乱动,身边离不开人。"

"旁边没有其他人陪着吗?"

"和她住同一个公寓的人来了,刚刚回去了。"

"我不去也可以吗?"

"随便。"

"随便是什么意思?不去是行还是不行?"

"你如果不累,来也可以。"

牧枝说罢就挂断了电话。有津回到客厅,再次拿起留言条。

去还是不去呢?

有津看着留言条,想着这个问题。苑子在昏睡,自己去了也是白去。既然大夫说问题不大,应该没有生命危险,去了也帮不上什么忙。而且面对不高兴的妻子,自己也感到别扭,今晚就待在家里吧。

有津点上煤气炉,脱去衬衣,换上和服,拿起报纸,看了一遍大标题就没心思再看了。

妻子女儿不在家,屋里显得很冷清。

可是,苑子为什么要这样做?

有津想起了在支笏湖畔看到的那个男人的背影。他知道苑子吃安眠药了吗?从妻子的话来看,好像那个男人还不知道。

那个男人现在是不是还在哪儿睡觉呢?

也许那个男人现在正躺在他妻子身旁,或者正躺在其他女人身旁。有津忽然产生了一种错觉:那个男人好像就是他自己。

他打开电视,看了一会儿,但也只是看着,他的脑子里一片空白。

睡觉吧。

有津站起身,打开通往卧室的隔扇门,寒气顿时扑面而来。他想睡,可是一点睡意也没有。他去了趟卫生间,然后再次回到客厅。电视机的显示屏白花花的,已经没有了图像。

苑子问题不大吧?

有津关掉电视,头枕着双手,仰身靠在沙发上,又想起苑子的事来。苑子如果有什么情况,妻子会来电话的。既然没有电话来,看样子也没什么可担心的,但他又觉得自己不去医院未免显得过于冷淡了。妻子让他看着办,既然要去,刚才打电话时就应该马上说"去",可是,她又冷冰冰的。自己的妹妹做事不计后果固然不好,但妻子好像把这事儿迁怒到了有津身上。有津的确对苑子从家里搬出去不在意,他当时说"苑子又不是个小孩子"。现在看来,这话说错了,妻子的担心好像是对的。但妻子似乎并不单单是在责备有津放任苑子。也许是他想得太多,但因为自己和佐衣子幽会到很晚才回来,所以他怎么也抹不掉内心的自责。

时钟已经指向零点十分。有津想象着苑子在牧枝的看护下熟睡的样子。她吃药时穿的是什么衣服?是穿着睡衣吃的安眠药吗?也许是送到医院后才换的睡衣吧?有津想到他以前从苑子衬衣的领口处看到的白嫩的胸部,以及超短裙下露出的丰满的大腿,可现在,苑子的身体却在安眠药的作用下处于睡眠状态,他简直不敢相信。虽然妻子说她任性,不懂道理,但这个时候到底还是亲姐姐关心妹妹。

事到如今,我再去医院也解决不了什么问题。

想到这里,有津起身打开卧室的拉门,动手铺床睡觉。

第二天早晨七点钟,有津一起床就立刻往医院打电话。牧枝很快就接了。

"苑子的情况怎么样?"

"今天早晨醒过来了。"

"那就是说不用担心了?"

"由于一下子吃进大量的安眠药,可能对肾脏和肝脏有些损伤。"

"对肾脏和肝脏不好?"

"过一会儿要检查。说是如果没有什么问题,一两天就可以出院。"

"那太好了。"

"你早饭怎么解决?"

"我喝点咖啡就过去。"

"我一会儿回家一趟,把久美子送到学校后再回医院。"

"是吗?那我在家等你吧。"

半个小时后,牧枝带着久美子回到家。她听说苑子吃了安眠药后,急急忙忙赶到医院,又在那里陪护了一个晚上。有津有些吃惊地看着眼前精神仍很充沛的妻子。

"昨晚久美子睡觉没有?"

牧枝烧着开水答道:"病房里刚好有一张空床,久美子就在那张床上睡了一夜。"

久美子洗完脸,吃了一片烤面包和一个煎鸡蛋就上学去了。久美子一出门,有津便迫不及待地问牧枝:"真的是因为男人吗?"

"对方好像是个有老婆孩子的中年男人。"

"你怎么知道的?"

"最初发现苑子吃安眠药的好像就是那个男人。他到苑子的住处时,发现她昏睡在床上,就马上告诉了隔壁的邻居,他们一起把苑子送到了医院。"

"那……那个男人呢?"

"据说他到医院和院长交代了一番,说自己很忙,必须马上回去。又说他和这儿的医生很熟,所以尽管放心治疗,医疗费由他承担,说罢就走了。"

"那个男人是哪里的人?"

"据说他经常去苑子那里,邻居都见过他,但好像不清楚他的年龄和姓名。"

"医院的院长应该知道吧?"

"我问过院长,可是他让我等苑子苏醒后直接去问苑子。"

"那么,苑子怎么说?"

"她不愿意说。"

"是在替那个男人隐瞒吗?"

"我也不清楚。不过,苑子一醒过来马上就问我那位老师去哪儿了。"

"老师?"

"是不是哪个高中或大学的老师?"

"不会吧?"

有津吓了一跳,他也被别人称作老师,他突然担心这样的事情会发生在自己身上。他喝了口茶,想借此稳定一下情绪。

"苑子知道是那个男人把她送到医院的吗?"

"她还不知道。"

"为什么不告诉她?"

牧枝有些生气地说:"怎么可以对一个自杀未遂的女人说那样的事,或问那样的问题呢?"

她憋了一肚子的火儿,就趁机朝有津发泄了。

"不过,那个男人去得真巧。苑子刚吃了药,他就到了。"

由于焦虑和疲劳,牧枝的眼圈有些发红。她愈加生气地说:"都是些做事不计后果的人。我真不知道她是怎么想的!"

"现在再说这些话,已经没有用了。"

"没有用!没有用!你说得倒好!这到底算怎么回事儿?怎么对别人说?能说得出口吗?"

"……"

"最终,还得我来给她擦屁股!"

"你休息一会儿吧。"

"我能休息得了吗?出了事儿,那个男人跑了。你教唆苑子搬出去住,现在又一副若无其事的样子。"

"事情不像你说的那样。"

"你太卑鄙了!"

"牧枝……"

有津站起身来。牧枝气呼呼地转身进了另一个房间。

有津去书房拿了公文包,然后又回到客厅跟牧枝打招呼:

"我去上班了。时间还早,我顺便去医院看看苑子。"

牧枝正在换内衣，没理他。

苑子住的医院位于山鼻线穿过行启大街往前一些的地方。医院外墙是黄色的瓷砖，看上去很小巧，门口竖着几个白色的招牌，上面写着内科、小儿科、放射科。大概因为时间还早，接待室里一个人也没有。有津按了两次门铃，才好不容易出来一个护士。

"我想探视中西苑子。"

护士上下打量了一番后问："你是谁？"

"我是她姐夫。"

"姐夫？"

"是昨晚在这里陪护她的姐姐的丈夫。"

护士像是再确认一下似的又把有津审视了一遍，然后说"请等一下"，就进去了。

只是见一下病人，这个护士也太小心谨慎了。不过，也许这是院长细心交代过的缘故。有津看着接待室里摆放的两个沙发，想象着昨晚的那幕。这时，院长和护士从里面走了出来。

院长问他："您是病人的姐夫吗？"

"是的。"

院长看了看他，说："请进来吧。"

有津换上拖鞋，对院长鞠躬道："昨晚深更半夜，把您折腾得不轻，实在抱歉。"

"您说哪里话，我们这里是医院，没关系。只是由于苑子小姐不是普通的病人，所以对来探视的人员要仔细询问清楚。"

"给您添麻烦了。"

院长手指着楼梯说："从这里上去，右边最里面的房间就是苑子小姐的病房。"

"我可以和她说话吗？"

"可以，可以。她的身体已无大碍。只是由于吃了药，精神上有些敏感，所以……"

"她把一百多片药都吃了吗?"

"通过洗胃,取出了五十几片药,所以应该是吃了五十多片吧。"

"是不是只吃五十多片就还有救?"

"布洛巴林,吃一百片也不会死人的。"

有津对这种药一无所知,院长接着说:"所以,经常有人用这种药吓人。"

"吓人?"

"对。哦,不,我说的是经常闹自杀的人。虽然吃的药量很大,但相对而言药效较差,所以有人就吃它来吓唬人,您的妹妹当然不属于这种情况。"

"……"

"这种药的催眠效果不太强,在药店很容易买到,所以……"

有津听懂了院长的意思,但他觉得院长好像并没有认真对待这件事。也许从医学的角度看,布洛巴林的药效不强,不会致人死亡,但苑子不可能知道那种药的药效,何况她又不是经常自杀的人。虽然药效不强,但苑子吃药时的心情应该是十分悲痛的。

"那么,我去看看她。"

有津对院长鞠了个躬,便朝楼梯走去。有津进入病房时,苑子正背对着门看着窗外。

"你感觉怎么样?"

"姐夫?"

看到有津进来,苑子有些吃惊。

"离上班还有些时间,我顺道来看看你。"

苑子抬头看着有津,小声说:"对不起。"

虽然她的眼睛还是很大,但眼神里已没有了往日的活泼。

"幸亏你没事儿。"

苑子头埋在枕头里,听了有津的话,轻轻点了点头。她的脸色很是苍白。

"估计你姐姐快要来了。"

"……"

苑子没有说话。透过她带花边的粉红色睡衣的领口,有津看到了她白白的胸部。

"久美子高高兴兴地去上学了。"

苑子只是微微点点头,仍然一言不发。有津不知道在这种场合说些什么好,他问苑子:

"你想吃些什么?"

"不想。"

"那……水果呢?"

苑子轻轻摇着头说:"不想吃。"然后像是忽然想起什么似的,转过身来问,"姐夫?"

"什么事儿?"

"你问没问医生我是怎么被送到医院来的?"

"问倒没问。你姐姐简单跟我说了大致的情况。"

"是谁最先发现我吃药了?"

"……"

"姐夫,快告诉我。"

有津不清楚苑子是怎样想的。他看向窗外,在早晨阳光的照射下,旁边房顶上的积雪开始融化了。

苑子讨好似的噘着嘴说:"姐夫!求你了!"

"我也不太清楚。说是一个中年男人送你来的。"

"老师……"

"嗯?"

"不,不是说姐夫。"苑子马上摇了摇头,接着又点了点头,像是放心了,"那么,后来那个人又做什么了?"

"好像是他和公寓里的一个邻居一起把你送到这家医院的。他跟院长交代了一下就回去了。"

"是吗?"

苑子看着远处,慢慢点点头,然后又淡淡地笑了笑。

"好像那个男人还提出要和家里联系一下。"

"是吗?"苑子小巧的嘴角露出一丝笑意。

"怎么回事?"

"很好玩。"

"好玩?好玩什么?"

"他肯定慌了。"

"那还用说。来了一看,你吃了药躺在那里。"

"我知道那个男人要去我住的公寓。"

"知道那个男人要去你的公寓?"

"对,他事先已经告诉我九点或十点去我住的公寓。"

"……"

"这么说他真的去你公寓了?"

苑子强忍着笑说:"他肯定吓了一跳。"

看着她那开心的表情,有津有点摸不着头脑。

"我说,你都做了些什么?"

"做了什么?我吃药给他看。"

"吃药给他看?"

"对,看到我吃药,他会吓坏的。"

"这么说,你是吃着玩的?"

"也不是吃着玩,我是认真的。"

"可是,你刚才不是说是为了吓唬他吗?"

"对,是为了吓唬他。"

"那……"

"假如那个男人看到我吃了药,感到吃惊和苦恼,那我就死而无憾了。"

"……"

苑子紧盯着有津。有津被她盯得不知道说什么好。

"我也是认真的。吃药这事儿是不可以随便做的。"有津忽然觉得苑子的脸有些恐怖。

"好了,我终于报复了他一下。"

"……"

"这下我可以忘掉那个男人了。"

说罢,苑子像是抖掉了沾在身上的东西似的,愉快地看着有津说:"我如果不这样做,会发疯的,但我姐姐是体会不到我这种心情的。"

听了苑子的话,有津心里顿生寒意。

"你是我姐夫,所以我才对你说实话。"

苑子话音刚落,响起了敲门声。有津打开门,原来是护士来了。

护士把一个玻璃杯放在墙角说:"请把小便接到这个杯子里。"说罢就离开了房间。

有津站起身说:"那我上班去了。"

"谢谢姐夫!"

苑子的表情又恢复了平静,头埋到枕头中。有津拿着公文包朝门口走去。他正要伸手去拧门把手,这时身后的苑子说:

"姐夫可不要做让那个人吃安眠药的事。"

二十

这天的天气晴得让人几乎感觉不到刚下过雪。然而,话虽这样说,天空却并不是蓝色,而是近似灰色。灰蒙蒙的天空,让人担心什么时候又会下起雪来。佐衣子看着晴好的天空,在卧室里穿起和服来。她穿上一件嫩绿色捻线绸的和服,然后又配一条同样颜色的博多腰带。这半年来,佐衣子换和服多数是为了见有津,但今天是要去给纪彦买冬天的毛衣和滑雪衣,这多少让她有些遗憾。

"妈妈还没好?"

"这就好。"

纪彦已经穿好大衣等着她了。佐衣子在和服外面又加了一件双层的薄纱短大衣,然后和纪彦一起走出家门。

刚刚进入十二月,周六下午的大街上已经是一片繁忙的年终景象。在狸小路①上的一个进口商品专卖店里,佐衣子给纪彦买了毛衣和外套,又顺便给他买了两件内衣。每天守着纪彦,很难发觉他的成长,只有给他买衣服时,佐衣子才发现他长高了。这两三年里,纪彦的个子长得让她这个做母亲的都有些害怕。买完了衣服,纪彦想买书,于是佐衣子又带他去了书店。狸小路上有一家佐衣子常去的丝绸店,十年前,佐衣子

---

① 狸小路:指狸小路商店街,北海道札幌市中央区的著名商店街,明治初期就开始有少量的商店经营,是古老繁荣的商店街。

结婚时的衣服就是在那里做的,佐衣子的母亲也常去那家店。那家店的门脸不太宽,但前后很深,老板娘和她很熟。每次逛街,即便没什么要买的,佐衣子也总要进去看看,这已经成了她的一个习惯。纪彦不喜欢去丝绸店,佐衣子只好不去,只从外面看了看。周围的店都搬进了大商场,唯有这家店还守着这么小的一个门面,这和店里所经营的物品相吻合,让人十分欣慰。

母子两人来到电车大街时,纪彦说:"妈妈,我饿了。"

"你想吃什么?"

"吃些简单的就行。"

两人从狸小路往南穿过一条街,来到一家餐馆,佐衣子曾和有津来过这里。他们在店堂的一角找了个包厢坐了下来。

纪彦连菜单也不看就说:"我吃奶汁烤菜。"

因为纪彦以前在东京常吃西餐,所以他已经习惯了西餐。佐衣子也点了同样的菜。她吃了一半就不吃了,而纪彦把他那份吃了个精光,然后又要了杯可乐。

"吃饱了吗?"

"差不多了。"

纪彦扭头看看餐馆。过了午饭时间,店里的人并不多,周围飘荡着微弱的音乐声,一个服务员背朝他们站着。纪彦回过头来时,佐衣子忽然从他的脸上看到了一个男人的影子,她也说不清是哪个男人,但纪彦那张脸不是一个小孩子的脸,而是某个男人的脸。佐衣子突然产生了一股冲动——她想弄清楚这究竟是哪个男人的脸。

"我说,纪彦。"

"什么事儿,妈妈?"纪彦抬起头问她。

"我想问你一个问题。"

"嗯。"

"妈妈要是结婚了,你会怎么想?"

"结婚?"

"对,和别的男人结婚。当然,妈妈会和纪彦一起住到那个男人家里去。"

"……"

"新爸爸,妈妈和纪彦……"

纪彦歪着头看着佐衣子,似乎弄不清这突如其来的问话的含义。

"纪彦会怎么想?"

佐衣子嘴上在催促纪彦,但心里又觉得这话问得太残酷。

"妈妈是打个比方,并不是真的要结婚。比如说来个新爸爸,你会怎么样?我担心纪彦没有爸爸太孤单,所以才这样问。"

不知纪彦是否听懂了,他深叹了口气。

"并不是妈妈现在就要结婚,只是先这么问问纪彦。"佐衣子自己也不清楚为什么要说这件事,"纪彦不喜欢,就说不喜欢。没关系。"

这时,纪彦问她:"妈妈是不是想结婚?"

"结婚?不,妈妈并不想结婚。现在这样挺好的。"

纪彦眼睛睁得大大的,看着佐衣子。

"妈妈要是喜欢,我无所谓的。"

"你真是个小傻瓜。妈妈是在问,纪彦心里怎么想,把你心里想的告诉妈妈就行了。"

"可是……"纪彦看了看窗外说,"要是妈妈非要结婚的话,和像植物园的那个叔叔那样的人结婚就好了。"

"什么?"

"我说错了吗,妈妈?"

佐衣子急忙把目光投向别处,但纪彦依然看着她。

"我也不知道。"她像是要掩盖自己的狼狈似的,冷冷地说。

"我觉得要是那个老师做我的爸爸,会比较容易。"

"容易?"

"是的。'爸爸'这两个字会比较容易喊出口。"

"纪彦你……"

突然,有津的身影浮现在佐衣子眼前。从纪彦的脸上,佐衣子看到了有津的眼、鼻子和嘴,纪彦说话和笑的样子全都像有津。

莫非,这个孩子是……

佐衣子闭上眼睛,想打消自己突然冒出的这个想法。她再次睁开眼睛,纪彦正用困惑的目光看着她。

"纪彦!"

"怎么了,妈妈?"

听到纪彦的声音,佐衣子才回过神儿来。她再次把纪彦端详了一遍。

"妈妈,你怎么回事儿?"

"没,没什么。"佐衣子摇了摇头,又点了点头,她对纪彦说,"咱们走吧。"

"好的。"纪彦扣上大衣的扣子,夹着书站起身来说,"妈妈,我想要一个稍微再长一些的滑雪板。"

他像什么都没发生似的,又对佐衣子提出了新的要求。

雪化完了。下雪的时候让人感觉是冬天,天一放晴,又让人觉得像秋天。下雪天和晴天之间的日子,感觉又像是初春。如果仅就某一天的天气而言,很难说它是冬天、秋天还是初春。但如果以一周为单位观察,札幌的天气就越来越有冬天的感觉了。

佐衣子去见有津的那天,就是这样一个说不清是秋是冬还是初春的日子。和有津已经半个月没见面,佐衣子看着不再下雪的天空,问他:"已经十二月了,应该有积雪了吧?"

"十二月上半月下的雪还会融化,到了十二月下旬,就不融化了。"

"那么,再过一周,就有积雪了?"

"偶尔圣诞节时也没有雪,所以,这也说不准。"

"快点有积雪该多好!"

"为什么?晚些下雪不是更好吗?"

"不,我觉得冬天就要有一个地地道道的冬天的样子。"

"那可到处都是雪。"

"是的。要么不下雪,要么就下得很大,雪都积了起来。"

佐衣子不喜欢札幌变化不定的气候。

两人说着话,不知不觉地乘出租车到了旅馆。旅馆的房间里开着暖气,很是暖和。

有津说:"咱们洗澡吧!"

"你先洗吧。"

"没关系。上次我们不就是一起洗的吗?"

"不,你先洗。"

和有津一起洗澡,只是佐衣子的一时冲动,有津却把这当作一个既成事实,想进一步发展。久而久之,这种做法就会成为习惯,变得平常。当所有的淫荡和羞耻都变得习以为常时,男人和女人该如何相处?一想到这些,佐衣子就头疼。

"来吧!"

有津左手搂着佐衣子的背,右手解她的衣带,还不停地吻她。这对有津来说,已经是轻车熟路的事情。和服从佐衣子肩膀上滑落下来,她身上只剩一件长衬裙。有津这才停住了手,再脱下去,佐衣子那白皙的肌肤就会从薄薄的衬裙里露出来。这时,他的动作变得温柔而缓慢,想要让佐衣子品尝期待的滋味。

"咱们进浴室吧。"

佐衣子摇着头说不,可她却在不停地吻着有津。只要有津托起她的背,就可以很轻松地把她抱进浴室。虽然佐衣子知道自己的拒绝是毫无意义的,但她还是要坚持。有津也清楚完全可以把她抱进浴室,但他在配合着佐衣子的拒绝,他期待着佐衣子在这样的过程中自然地败下阵来。

双方已经习惯了这样的行为。正因为如此,女人才会始终拒绝,男人才会耐心等待。但佐衣子没有意识到的是,虽然是只答应了一次和有津一起洗澡,但这个已经过去的"一次"会成为既成事实,并最终发展为一个习惯。灯光下,浴缸里佐衣子的身体立刻温顺起来。虽然她闭着眼睛,压低了喘息声,却掩藏不住她那赤裸的身体。透过淡淡的水蒸气,有津看到了佐衣子的乳房。水面下,佐衣子的下身在有津眼前晃动。

现在,佐衣子唯一能够做到的就是忘掉一切,忘掉纪彦,忘掉父母,忘掉死去的丈夫,忘掉想和她结婚的男人,只要闭上眼睛,这一切都会忘得一干二净。她竟然能够如此简单而彻底地忘掉一切,简直令人吃惊。佐衣子的大脑和身体,在不知不觉中掌握了这个巧妙的技术。就像冬天越来越寒冷一样,佐衣子的身体也在一天天往深层发展。如果仅从某一天来看,她的身体似乎又恢复到了原来的状况。但若从一个较长的时间段来看,她的身体毫无疑问在往深层发展。

肉体的激情过后,有津在佐衣子耳边说:"好长时间没见面了。"

"才半个月多一点。"

"是啊。"

两人一问一答后,佐衣子才发现两人的问答很好笑。这样的话应该在见面时说,激情过后再说这话,显得很可笑。也许是因为他们急于肉体上的结合,而顾不上说这些吧。要不就是因为两人已经习惯了单刀直入,不需要从交谈到结合这种通常的做法。两人已变得如此亲密,佐衣子略微有些不安。

她对有津说:"我有些担心。"

"担心什么?"

"担心你。"

"我?"有津用腿压住佐衣子的下半身说,"上次你说你要结婚。"

"不要再说那件事了。"

"你拒绝他了?"

"……"

"怎么样了?"

有津用力压住佐衣子,与其说他在问佐衣子,倒不如说是在问佐衣子的身体。

"也没怎么样。"

"那就是说,你和他的事情已经结束了?"

佐衣子在有津怀里点了点头。

"太好了!"

实际上,和那个男人结婚的事情,佐衣子没有明确拒绝,反而还正在一步步具体化。态度积极的母亲希望佐衣子过了年就和那个男人正式见面。虽然佐衣子不是很情愿,但在母亲的说服下,她觉得见见面也没有什么,至少见有津之前她是这样想的。然而,一被有津抱到怀里,她的想法转眼之间就发生了改变。她自己也对这种转变感到失望,但是,失望归失望,她并不觉得痛苦。

也许变过来容易,再变回去也同样容易。

说自己容易变心也好,容易动摇也好,佐衣子对自己始终都是忠实的。白天在家时,她觉得和别的男人结婚、有个家也挺好;当被有津抱在怀里时,在家里的想法就忘得一干二净。不过,白天的佐衣子和夜晚的佐衣子都是真实的,两个佐衣子都没有撒谎。

现在是这个男人好。

如果从没撒谎这个角度讲,佐衣子说的是对的。但假如不撒谎依据的是她身体的想法,而她的身体又在不断地变化的话,那结果将会怎样?即便她本人不撒谎,而她的身体在发生变化,那就还是等于在撒谎。

有津说:"早就想见你,可是有些乱七八糟的事情。"

"是工作上的事吗?"

"不是。"有津把腿从佐衣子的下半身上拿开。

佐衣子从有津怀里抬起头问他:"是和你妻子有矛盾了?"

"不是,是我妻子的妹妹吃安眠药了。"

"是要自杀吗?"

"好像是,还没弄清楚。"

"不过,她大概是想自杀吧?"

"我也以为是这样。可是把她救过来后,她却满不在乎,不像是想死的人。"

"那是因为下决心自杀的瞬间,所有的心思都集中到了自杀上。"

"是吗?"

"我的一个朋友也是那样。"

"总算把她救过来了。"

"是不是因为恋爱的问题?"

"是。"

"那么,对方呢?"

"我不太清楚……好像也是个学生。"有津在这里撒了个谎。

"如果两个人都是学生,是可以结婚的。为什么要自杀?"

有津摸着佐衣子的乳房,闭上了眼睛。

佐衣子扭动着身体说:"不明白年轻人是怎么想的。"

有津问她:"下次什么时间能见面?"

"不知道。"

"圣诞节那天怎么样?"

"那天我可能出不来。"

"那圣诞节的第二天呢?"

"年前我们别见面了吧。"

"那怎么行?"有津抱过佐衣子,"离新年还有十多天呢。"

"一月份我要去趟东京。"

"你说什么?"

"去东京处理一下我脱离户籍的问题。"

"如果只是脱离户籍的问题,不去东京也可以办。"

"手续确实不去也可以办,可是我想让纪彦的奶奶充分理解我的处境。"

"你下个月什么时候去?"

"我想一月下旬去。"

"如果是一月下旬,也许我也可以去。"

"是工作上的事情吗？"

"去商谈文部省下一年的财政拨款问题，我们一起去吧。"

"可是……"

"我还没有和你一起旅行过。"

"那么，我们在此期间不要见面了，行吗？"

"为什么？"

"因为有一个更大的期待在等着我们。"

佐衣子的确是这样想的。

第二天就开始下起雪来。冬天的寒冷再也没有缓解过。地上的雪不再融化，而天上的雪又不停地下，人们在大雪中迎来了圣诞节。有人在植物园的大门和办公楼之间开出一条小路，有津走在那条小路上，发现真正的冬天已经来临。

虽然办公室里的煤油炉烧得很旺，但由于房间太高，屋里仍然寒气逼人。有津喜欢办公室里古老的感觉，所以也甘愿忍受寒冷。他在写川北泥炭地的植物景象论文时，志贺走进来问他："是不是按照往年的惯例，上班到二十九号？"

"是吧。"

有津看了看桌子旁边的台历，二十八号是星期一，二十九号是星期二。

"不管大学怎么安排，咱们这里还是要按照国家的休假规定执行。"

虽说是大学的植物园，但由于是国立的，这里的工作人员当然要按照国家规定休假。

有津问志贺："你新年有什么打算？"

"我打算回旭川老家看看。老师您呢？"

"按照往年的惯例，三十号到二号，我们全家都要去小樽的哥哥家过年。"

有津走到煤油炉前烤起手来。

"您三号以后在家吗？"

"我想应该在的。"

"可以去看望您吗？"

"当然可以。"

有津看出了志贺的意思，便告诉他："你来，我欢迎。不过，苑子可不在。"

"她是不是要回函馆的老家？"

"是的。不，她已经回去了。"

"那……她是不是不再……"

"我想她一月份可能不会回来。"

"是不是发生了什么事情？"

"也没什么。就是有些感冒，结果越来越严重，就让她去暖和的地方好好休息一下。"

那件事后，苑子离开了租住的公寓，回了函馆，不过患感冒的事是有津编造出来的。志贺看了会儿窗外，然后问道："我可以去函馆看看她吗？"

"你是说，利用过年这个假期？"

志贺低垂着眼说："是。"

"你去也可以……你还爱着苑子吗？"

"是的。"

"你们俩好像已经分手一段时间了。"

"当时我们觉得还是分手为好。"

"现在想法又改变了？"

"其实，我反复考虑过。"志贺抬起头说，"我打算苑子一毕业就和她结婚。"

"结婚？"

"对。"

这次志贺不再害羞了，他说话时一直朝前看着。有津看着窗外。窗外的松树上挂着昨夜下的雪。

"你能说这话很难得。不过,还得问问苑子是怎样想的。"

"那当然,所以我想这次……"

"我先帮你好好问问吧。"

"可是……"

"这事儿不能急。苑子最近身体不太好。再给我点时间吧。"

有津突然为蒙在鼓里的志贺感到悲哀。

眼看要过年了,佐衣子一次也没给有津打过电话。即便他不打电话过去,她也从不打电话过来。虽然有津也知道这个情况,但他还是在等佐衣子的电话。他也想和佐衣子较较劲儿,看看最后谁输,但谁是输家这点是显而易见的。

如果比谁的耐力更强,男人是比不过女人的。二十九号下午,整理完文件的有津再也等待不下去了,他给佐衣子打了电话。

"我想今晚或明天见你。"

"这么急?"

"你又不是做生意的。"

"年前就别见面了吧。"

也许是在电话里的缘故,佐衣子的声音听起来很平静。

"可是我都十几天没见你了。"

有津想说:十几天不见,你也能忍受得住吗?一想起见面时佐衣子那忘情的样子,他就觉得不可思议。

"你不想见我吗?"

"当然想,可是我今晚真的出不去。"

"那明天下午呢?"

"请你原谅。我白天不方便。"

"那照你的说法,我们永远都见不了面了。"

"明年见吧。"

"明年?"

"明年不是很快就到了吗?"

"那我们三号或四号见,怎么样?"

"你给我打电话吧。"

"我一定给你打。"

有津觉得自己已经有些迫不及待了。

二十一

新的一年到来时,雪停了。二号下午,有津带着妻子和久美子从小樽的哥哥家回到札幌。只离开家三天,家门口的路就被新下的雪堵住了。有津用雪耙子开出一条路,还清除了树枝上的积雪。雪过天晴,只有一月份才能看到这样的晴天。

三号午后,有津植物园的同事到他家拜访,志贺没有露面。也许是他知道苑子不在,就回了老家。有津觉得志贺这家伙太现实了,转而又觉得这样也挺好。

四号下午,有津去了一趟植物园,看了一下收到的信件,又和第一天来上班的职员说了会儿话。傍晚时分他便来到了大街上,要和佐衣子进行新一年的第一次幽会。

佐衣子穿着一身只有过年才穿的印有很大的花鸟图案的和服,扎着一条寿乐腰带。去旅馆的途中,有津想起了"姬初"这个词,它表面的意思是妇女新年第一次洗衣服,浆洗布料等,其实还隐含有第二个意思,那就是男女新年伊始的第一次交欢。想到这个词淫荡的含义,有津陶醉了。佐衣子并不知道有津在想什么,她的眼睛一直看着前方。

肉体上的交欢过后,佐衣子的脸微微有些潮红。她摸着脸小声说:"我又到这里来了,不能再这样了。"

"不能?"佐衣子的话让有津心情有些沉重。

"每次都重复同样的事情。"

佐衣子仿佛看到了地狱,那是一个闪着光的无底深渊。她想爬上来,可每次都被打下去,她觉得自己就像蚁穴里的一只蚂蚁。

难道就没有什么强大的力量能拯救自己吗?

佐衣子坐起身来,整理好衣服,准备离开旅馆,每次的过程都一样。打电话要了出租车后,有津问她:"东京,还是这个月底去吗?"

"我打算月底去。"佐衣子披好了大衣。

"不能推迟几天吗?"

"怎么了?"

"今天东京那边来通知,和文部省商谈后,还要和开发商谈,所以希望我把去东京的时间推迟到二月中旬。"

"二月中旬?"

佐衣子去东京的目的就是见婆婆,并不一定要这个月去。佐衣子说:"二月去也没关系。"

"那就这么定了。那时,冰雪节也结束了,票也好买。"

"可是,不影响你的工作吗?"

"怎么会影响我的工作呢。纪彦怎么办?"

"他要上学。再说,我婆婆见了他又会舍不得,所以我打算把他留在家里。"

"我打算二月十八或十九号出发,你看怎么样?"

佐衣子点了点头。不过,她在心里告诉自己,在这之前必须把想法理清楚。

整个一月份札幌都没怎么下雪,主干路上的雪被扫得很干净。对家庭主妇来说,这个冬天是好过的,但喜欢滑雪的人多少会有些不满。

一月底,住在标津的小杉亮子给佐衣子来了封信。信的内容是,她一直期待着冰雪节时来札幌见佐衣子,可是她丈夫有事要去钏路,所以就不能来札幌了,她对此很遗憾。但是,标津的冬天,湖里有天鹅,很美。

家里只有她和孩子,请佐衣子务必去标津一趟。

　　佐衣子想起有津曾去过标津的原野。她想看看有津去过的原野,也想看看有天鹅栖息的湖水。

　　也许站在没有人迹的原野上,自己就可以下定决心。

　　她看着地图,想象着冰雪覆盖的原野。

　　二月的第一个周末举办了冰雪节。由于积雪不足,道政府特意用卡车从札幌近郊的山里把雪运到会场,然而,令人哭笑不得的是,冰雪节的前一天下起了大雪。冰雪节结束时,已经是二月下旬,冬天也开始出现一些离去的迹象。虽然天气晴好的日子仍旧不多,但一想到寒冷的天气要慢慢远去,坏天气也显得不那么可恨了。

二十二

二月下旬的一天,有津和佐衣子在道政府附近的 G 饭店大厅会合,那里离日航的营业所很近。有津觉得在营业所会合太显眼,所以选在 G 饭店与佐衣子见面。

飞机十一点十分从千岁机场起飞,两人九点四十分会合,然后立刻坐出租车去机场。有津穿了一件灰色大衣,佐衣子穿着一件嫩绿色的天鹅绒大衣,提着一个白色的旅行包。

出租车穿过札幌的大街,路两边的积雪越来越少。十点五十分他们到了机场。两人朝办理登机手续的柜台走去。这时机场的广播响了起来:"十一点十分飞往东京的 504 航班,起飞时间有所推迟。预计十一点十分带您登机。"

刹那间,有津想起了在羽田机场的那一刻。当时,佐衣子穿着和服,右手提的旅行包也是白色的。就是在那里有津听到了宗宫佐衣子这个名字。假如没有那次的偶然,两人不可能相聚。不,偶然的事情不止这一件。他和露崎的相识,以及那次的打工,想起来,这一切都是偶然的。再往深追究的话,似乎人的一生都是由许多偶然组成的,偶然即是必然。如此说来,自己和佐衣子的相遇,也可以认为是必然的。

有津回头看了看佐衣子,佐衣子朝他笑了笑。在这近一年的时间里,两人的关系竟发展到了如此亲密的地步。

进入机舱,有津坐在靠过道一侧,佐衣子挨着有津坐在里侧的座位上,座位顺序和上次一模一样。飞机滑向跑道,机场大楼里的灯光在闪烁,空姐再次提醒乘客系好安全带。

飞机进入主跑道后稍微停了一下,然后开始加速,离地升空。一切都和一年前一样。

过了一会儿,空姐送来擦脸的热毛巾。有津要了两条毛巾,递给佐衣子一条。靠窗户的位置上坐着一个六十多岁的男子。有津擦完手,看了一眼身旁的佐衣子。她轻轻地笑了。

"你笑什么?"

佐衣子像小姑娘似的摇着头说:"没什么。"

"说给我听听。"

"那次……"佐衣子笑眯眯地说,"那次你帮我要了一碗汤。"

"是那件事啊。"有津做出一副不屑一顾的表情。

"你问我,是到札幌吗。"

"当时,也没其他什么好说的。"

"你给了我一张名片。"

"别说那些了。"有津觉得刚才不该问她的。他把毛巾还给空姐,局促地朝前面望去。

"其实,那次我原本准备第二天再回札幌的,可是家里来电话说纪彦发烧了,我才会急忙赶回去的。"

"幸亏那样,我们才相会了。"

"当时,你说你认识一个和我同名同姓的人。"佐衣子回过头来看着有津说,"是真的吗?"

"嗯。"

"那个人,现在在哪里?"

"为什么要问她的事情?"

"我想知道。"

"我只是随便说说。"

有津从口袋里掏出了香烟。

"你这人真是的。"

佐衣子又微微瞪了有津一眼。

东京虽然也很冷,但阳光明媚。地上翻起的黑土,让看惯了雪的有津觉得很新鲜。

"那么,我们明晚六点在饭店会合吧。"

"好的。"

佐衣子从机场去自由之丘的婆婆家,有津直接去了赤坂的饭店。

有津到饭店后换了衣服就立刻去了文部省。新的年度预算大纲已经出台,但关于建植物园新办公楼的申请,以及调整植物园门票价格的事情,还需要向文部省加以说明。现在植物园的门票是成人三十元,和其他植物园相比,价格确实偏低。由于价格过低,来植物园的人很多,有时会给植物园造成损害。但是,也因为门票便宜,愿意来参观学习的人也相对多些,所以,门票还是便宜些好。即便门票提高十元、二十元,从市民那里多收些钱,钱最后也都进了大藏省的口袋。有津觉得,如果门票提价部分的钱不相应地返还给植物园,那提价就毫无意义。这一点,文部省的官员也很快就理解了,这件事是不会影响他们的利益的,所以只要听听有津的说明就可以了。

晚上,有津见了几个大学同学,并一起到常去的几个酒吧喝了酒。回到饭店已经凌晨。尽管他很想念佐衣子,但他仍然很快就进入了梦乡。

第二天上午十点,有津为了参加泥炭开发计划的洽谈会,去了离饭店很近的城市会馆。洽谈会直到下午四点才结束,会后,他谢绝了从钏路开发建设部来的一个朋友的邀请,直接回了饭店。他把单人间换成双人间,然后在双人间里躺了一会儿,抽了支香烟。六点钟,他来到饭店一楼大厅。

大厅前后很深,左侧有一个酒馆。有津坐在酒馆里刚端起咖啡,佐衣子就出现了。

有津站起身,抬手招呼佐衣子:"我在这里。"

"车太多了,没想到东京的路这么堵。"佐衣子脱去了大衣。

"你要咖啡吗?"

"好的。"

"咱们先到上面的酒吧里干杯吧。"

"干杯?"

"对,为我们的新婚旅行干杯。"有津像年轻人似的迅速站起身来。

饭店的十七楼有一个空中休息室,有津和佐衣子选了个靠窗的地方坐下来。

"景色真美!"

两人的脚下就是东京的夜景。空中休息室在缓慢地转动着,转一周正好是一个小时。

"您要点什么?"

正欣赏夜景的两人回过头来,发现旁边站着一个男服务员。

"我们先喝酒吧,请上杜松子酒。"

"我……"

"没关系。"

有津命令服务员道:"来两杯杜松子酒。"

"今晚喝多少都没关系。"

"可是……"

"从现在到明天早晨,就我们两个人。"

在昏暗的灯光里,有津把脸凑了过去。佐衣子再次往窗外望去,脚下是数不清的灯光,每束灯光下面都有人,现在,自己和有津就在这个庞大的东京上方,她觉得这非常不可思议。

服务员把杯子和杜松子酒放在桌上,然后问了要点的菜就离开了。

"来,干杯!"

有津把酒杯举起来,佐衣子也学着他的样子举起酒杯说:"干杯!"

有津伸出胳膊,两人的酒杯碰到一起,发出清脆的声音。有津一饮而尽,佐衣子稍稍喝了一口,酒有些辣。

有津一个人看着窗外,说道:"还是旅行好。"脸上一副轻松的表情。

"你的工作结束了?"

"都结束了,剩下的时间都是我们两个人的。"

有津计划明天再住一天,后天下午两人一起回去。

"你那边的事情也办好了?"

"是的,勉强解决了。"

"那就是说,她同意脱离户口了?"

"她反对也解决不了什么问题。"

先办结束婚姻关系的手续,然后向家事法庭申请变更姓氏,再申请恢复原来的姓氏,问题就全部解决了。

"这样的话,你就不姓宗宫,而是姓尾高了?"

"办好手续后将改姓尾高了。"

"将改姓尾高?不是马上就改吗?"

"当然马上改。"

来东京的目的就是为了脱离户籍关系,可一旦办起手续来,佐衣子又有些迷惑。她自己也不清楚,究竟是留恋宗宫这个长达十年的姓,还是单纯的感伤。

"既然对方好不容易才同意你脱离他们的户籍,还是尽快把姓改过来吧。"

佐衣子点头道:"对。"

她想起母亲曾对她说过,如果现在把姓改回来,再婚时还得再改一次,很麻烦的。

"改了户籍,就意味着你已经不是某个人的妻子了。"

"什么?不,只不过是改个姓而已。"

有津高兴地说:"如果你不是别人的妻子了,那和我交往就没必要感到不贞了。"

"你说什么呢!"

"我说的可是实话。"

有津把酒杯放在嘴边,开心地笑了起来。

两人吃完饭回到房间时已经快十点了。房间里的温度是二十三摄氏度,非常舒适。可能是被有津劝着喝了两杯酒的缘故,佐衣子有些燥热。

"洗澡吧。"

"你先洗吧,我凉快一会儿再洗。"

佐衣子走到窗台边,透过窗帘的缝隙看夜景。看样子这个房间位于酒店的背面,向下看只能看到水银灯下的树木,远眺才能看到城市的夜景。

"那我也一会儿再洗吧。"有津换上睡衣,问佐衣子,"你是不是喝醉了?"

"是的,我从没喝过这么多酒。"

她有些站不稳。也许是心理作用,窗外的水银灯看上去也有些晃动。

"你就喝了那么一点儿,没事的。"有津穿上睡衣,站在佐衣子身旁。

"不是没事,是有事。"

有津抱住她,浓眉下的眼睛笑着说:"来!过来!"

"等等!等等!"

被抱起来的佐衣子挣扎着,但有津还是硬把她抱到了床上。

"来,我给你脱衣服。"

突然,喝醉了的佐衣子充满了勇气。

现在可以告诉他了。

佐衣子踢着双腿,大声喊叫着。她下定了决心说:"等等!等一下!"

"不,我决不松手。"

有津开始解佐衣子的腰带,佐衣子的腿露了出来,头发也乱了。

"等等!真的!请你等一等!"

发觉佐衣子的声音意外地认真,有津松了松手。佐衣子趁机从床上坐起来,整理了一下衣服。

"怎么了?"

"我有话跟你说。"

佐衣子拉紧衣襟,喘着气,看着有津说:"请把电灯关掉。"

"说话还需要关电灯吗?"

"不,请你一定把电灯关掉。"

看佐衣子态度很坚决,有津只好按了按床头柜上的电灯开关。

电灯熄灭了,房间里只剩下床头灯微弱的光。

"你想说什么?"

有津坐到佐衣子身边,地板上映出两人的影子。佐衣子沉默着。

有津再次催促她:"说给我听听。"

"我……"佐衣子把两只手放在胸前说,"我的身体有些不对劲儿。"

"不对劲儿?"

"是的。"

房间里只剩下空调微弱的声音。

"你的意思是?"

"我怀上了……"

"你是说你怀孕了?"

佐衣子两手放在膝盖上点了点头。

"真的?"

佐衣子知道,有津在认真地看着她。

"你去医院检查过了?"

佐衣子摇了一下头。有津又问她:"但你确定是怀孕了,对吗?"

"对。"

"多久了?"

"快一个月了。"

佐衣子回答得很干脆,话一说出口,就一点也不觉得害羞了。

有津抱着胳膊,低着头,手托着腮。佐衣子则看着窗外那被灯光映照得红彤彤的都市的夜空。

"这件事回头再好好考虑吧。"说罢,有津站起身,拿起水壶倒了杯水喝,接着像是要消除胆怯的心情似的,用比平时粗鲁得多的方式享受了一番佐衣子的肉体。

第二天早晨,有津五点钟就醒了。尽管这几年来他醒得越来越早,但五点钟也有些过早了。他看了看身旁的佐衣子,她静静地睡着,小巧的身体躺得平平的。有津忍不住伸手摸了摸她,佐衣子轻轻动了一下,有津慌忙缩回了手。他看了眼窗外,外面还很暗,看样子离太阳出来还有一段时间。

佐衣子怀孕的消息,对有津来说,无疑是晴天霹雳。每次和佐衣子交欢前,他都会问"今天安全吗",这已经成了他的习惯。佐衣子每次都回答得很简单,要么是"不行",要么是"可以"。多数情况下,佐衣子都回答"不行",但有津未必每次都听佐衣子的。也许是由于过于小心,也许是由于拒绝的话容易说出口,佐衣子很少说"可以"。

随着两人幽会次数的增加,有津慢慢了解了佐衣子的生理周期。当有津不问佐衣子时,佐衣子也不说什么。有津以为凭感觉就没问题,而且这种凭感觉的做法,以前也没出什么问题,但这次显然失败了。

如果已经怀孕一个月了,也许是"姬初"那次怀上的吧。

有津想起新年过后两人的那次幽会。那天晚上,有津的确没有采取什么避孕措施,而佐衣子也没说什么。也许,虽然两人都在避免怀孕,内心却在盼望怀孕。且不说佐衣子是如何想的,有津是有这样的想法的,而如今,这种想法变成了现实。

这样下去,十月左右就要生孩子了。这个孩子和纪彦不同,这是我们真正相爱而怀的孩子。

有津正想着,佐衣子微微眨了几下眼,醒了过来。

"你起来了?"

"嗯,刚起来。"

"怎么不叫醒我?"

"时间还早,睡吧。"说罢,有津把手伸到佐衣子背部,将她那小巧柔软而又温热的身体搂到自己怀中。

吃罢早餐,十一点钟,两人去了向岛的百花园。

百花园是江户年间一个名叫北野屋平兵卫的人修建的。由于园里种有许多梅树,又被人们叫作"梅宅"。如今,这个地区密密麻麻地盖满了住宅。百花园就在住宅区的一角,和历史上的百花园的规模相比,现在的百花园小了许多。但值得骄傲的是,园里除了梅树外,还种植有许多其他树木,一年四季鲜花常开。

来这里参观,是有津的主意。五年前,有津来东京参加学会时,一个搞植物学的朋友曾带他来这里看过。当时是初夏,园子里开着樱草花,有津很欣赏这里的水池、假山、树木和花草。令人称奇的是,这里还保留着许多松尾芭蕉、大田南亩等人的词碑和匾额。

佐衣子虽然在东京生活了十年,但她常去的是世田谷一带。下町一带,她只去过浅草,其他地方都没去过。沿隅田川的河岸去向岛,这条路线佐衣子还是第一次走。他们到达百花园时已经十二点多了,不过,里面倒很清静,只有几个带小孩的老太太和五六对青年男女。

"不知道下町还有这个地方。"佐衣子在园子里慢慢逛着,边走边看园子里的树木和花草上挂的解说牌。虽说是百花园,但毕竟刚二月,花开得并不多,倒是篱笆墙里的茶花开得很醒目。

佐衣子问有津:"梅花是不是还要等一段时间才开?"

"东京要到三月份梅花才开。"

"这句诗我记得好像在哪里读过。"佐衣子站在刻着诗句的石碑前,读起上面的松尾芭蕉的诗句来,"春意渐渐浓,梅花伴春风。"她身上穿的嫩绿色的大衣与石碑上的诗句非常般配。

他们穿过假山,绕过水池,走过刻着诗词的石碑后,便在长凳上坐了下来。眼前的树木都光秃秃的,树枝伸向依然带有寒意的天空。一个老太太拿着气球从两人面前走过。

佐衣子看了看四周,说:"这里真是清净、悠闲。虽然我住在东京,但我以前都不知道这个地方。"

有津听后点了点头,而他随后的话却和佐衣子的话毫不相干。

"昨晚那件事,你想生吗?"

"……"

"我说的是生孩子。"

虽说是来百花园放松的,但有津一直在想着这件事情,所以他并没有察觉出自己的话有些唐突。

佐衣子像是自言自语似的说道:"我不想给你添麻烦。"

"可是,你是怎么打算的?"

"就像我刚才说的……"

"请你讲得再明白一些。"

"如果我说我想把孩子生下来,你打算怎么办?"佐衣子回过头来,看着有津说,"你会同意吗?"

"这个……"

有津不知该怎样回答。他想说"希望你把孩子生下来",可是,他又担心这么说的话,佐衣子真的会把孩子生下来。

佐衣子看着梧桐树的树干说:"我把实话告诉你吧。"

有津抱着胳膊等着佐衣子的话。

"纪彦不是我和我丈夫生的孩子。"

"……"

"是……"说到这里,佐衣子痛苦地皱起了眉头。在初春阳光的照射下,她的脸显得非常苍白。

"那孩子是我在札幌时,通过人工授精生的。"

有津点了点头,心想,果然如此,但他仍然不动声色。

"纪彦不知道这件事情。"

"那么,纪彦的父亲是……"

"因为是人工授精,当然不知道父亲是谁。可是,也许……"

"也许?"有津重复了一句。

佐衣子仍然看着梧桐树："也许孩子的父亲就是你。"

"是我？为什么？"

佐衣子的视线离开梧桐树，她看着有津说："没有什么理由，我只是希望是这样。"

园外的噪音仿佛一下子传了过来，夹杂着其他声音，让人觉得像是地震似的。

"说实话……"

"什么？"

被佐衣子这么一问，有津到嘴边的话又咽了回去。有津没打算说出实情来，他之所以差点说出来，是因为佐衣子一直在盯着他看。如果突破了这一道关口，那么剩下的就会和盘托出。

"你想说什么？"

"没什么。"

有津掏出香烟，点上一支，缓缓地舒了一口气，暗自庆幸没把十一年前的事情说出来。

那件事的确是事实。有津是提供者，佐衣子是接受者，那是毋庸置疑的事实，所以有津才想老老实实地说出来，但是，事到如今，即使把真相说出来也解决不了问题。告诉佐衣子实情，只会给她带来伤害，自己也会很狼狈。而且，即使把那件事告诉佐衣子，也无法证实纪彦就是自己的孩子。即便随着时间的延伸，孩子越来越像自己，也找不到确切的证据。只要佐衣子认为纪彦是自己的孩子就够了，没必要告诉她究竟发生了什么。

有津害怕在两人的关系里掺杂进医学、科学这些冷冰冰的东西。他们的爱已经很牢固，他希望今后两人的关系不是靠医学或科学，而是靠爱去维持。

"可是……"佐衣子的话唤醒了沉思中的有津，"我考虑问题也像小孩子似的。"

"小孩子？"

"对。十一年前你是不可能做那种事的,可我……"

有津羞愧地扭过头去。

"可我又希望你能做那件事。这么一想,就觉得你好像真的做了似的。"

"……"

"我真傻,像个小孩子似的。"

佐衣子淡淡地笑了起来。

一对年轻情侣从他们身旁走过。有津觉得有些冷,对佐衣子说:"咱们走吧。"

"好。"

可能是因为把想说的话都说了出来,佐衣子显得很轻松。

假山那边有一户人家,外面摆着长凳,门口挂着一个牌子,上面写着"里面种植有春天的七种草"。一个老头正往花盆里装土。

有津问佐衣子:"你知道春天的七种草是哪七种吗?"

"芹菜、荠菜、鼠曲草、繁缕……"

"还有呢?"

"还有水蔓青、萝卜,对吧?"

"还少一个。"

"哎,是吗?"

佐衣子又重新掰着手指数了一遍,问有津:"还有胡枝子?"

"胡枝子不是秋天的七种草里面的吗?"

"奇怪!"

"繁缕后边漏掉了宝盖草。"

佐衣子拧了一把有津,说:"你真坏!"

他们从百花园出来,一直往东走,就走到白须神社。从神社登上隅田川的河堤,就可以看到白须渡口。街道上一点风都没有,可到了河堤上,却能感觉到微微的冷风。

有津问佐衣子:"你冷吗?"

佐衣子贴着有津,像个小姑娘似的说:"不冷。"

"那么,我们走走吧。"

两人沿着河堤朝南走去。隅田川里的水流很平缓,可以朦朦胧胧地看到河对岸浅草一带的住户。

有津说:"咱们吃了樱叶饼再走吧。"

"这里还有樱叶饼卖?"

"那个店应该在前面的长命寺旁边。"

"那么奇怪的地方你也知道。"

"不过,我对银座、新宿那些地方简直一无所知。"

佐衣子轻轻瞪了有津一眼:"真的吗?"

在东京的道路上,无论在哪儿,无论怎样,他们都没必要担心引起别人的注意。这让他们很开心,也很大胆。

两人从河堤上下来,沿着下面的路走到尽头,便是长命寺的后门。

"长命寺的樱叶饼在这一带自古就很有名。"

"不知道还有这么个地方。"

"据说以前一年能卖三十桶樱叶饼,如今只有这附近的人来买了。"

"不过,也有从北海道来的人。"

"你说得倒也是。"

有津脱掉鞋子,把手伸给刚进走廊的佐衣子:"来,把手给我。"

虽说是星期六的下午,可店里面只有他们两个客人。一个老太太过来问他们吃些什么,然后就去了里屋。

"这里静得有些吓人。"

有津却忽然对佐衣子说:"到了这样的地方,你看上去又有变化。"

"变化?怎么个变化法?"

"我也说不清。"

佐衣子的脸颊被下午的阳光映得红红的,她整理了下衣襟,安安静静地等着。然而,从佐衣子那规规矩矩的坐姿里,有津却看到了昨晚她那放纵的躯体。

"让您久等了!"

老太太的话让沉浸在想象中的有津回过神来。她把装在白色杉木盒子里的樱叶饼摆在两人面前,周围顿时充满了香味。

佐衣子喝了口茶,拿起一块樱叶饼说:"我吃啦!"

有津已经五年没有闻到这种香味了,两人很快就吃完了。

从店里出来,他们拦了辆出租车。太阳已经开始西斜。

佐衣子说:"樱叶饼真好吃!"

车过了吾妻桥,朝浅草开去。

"咱们先回饭店吧。"

"我是第一次一口气吃两个饼,我不太喜欢甜食。"佐衣子忽然把嘴凑到有津耳朵旁说,"其实吃一个就可以了,另一个就算是肚子里的孩子吃了。"

有津看着沿途的风景,轻轻点了点头。

快五点时,两人回到了饭店。

"累了吧?"佐衣子问有津。

"有点累。"佐衣子微微笑了笑,接过有津脱下的西装挂到架子上。

"咱们休息一下,晚上去银座吧。"

"好的。"

有津非常珍惜这只有两个人的时光,他一刻也不想浪费。

躺在床上休息时,两人也没忘记接吻和互相抚摸。他们原本想轻轻地吻着休息,可是,一吻起来就变得无法控制。佐衣子在有津的抚摸下开始呻吟,接着主动解开了腰带。有津反倒被动了。

激情燃烧中的两人,已经顾不上欣赏窗外的红霞。

有津醒来时,天已经黑了,透过窗帘可以看见傍晚的月亮。他看了看枕边的手表,已经七点半了。虽然没穿衣服,但屋里开着暖气,并不觉得冷。他慢慢地从佐衣子身下抽出已经发麻的手来。他刚把手抽出来,佐衣子就醒了。

"哎呀……"

"我也刚刚醒。"

发现自己不着一丝,佐衣子慌忙把毛巾被拉到身上。窗外已是灯火一片,城市里的夜晚已经开始。

"吃点饭,我们去银座吧。"

佐衣子拉过毛巾被,认真地请求说:"别动,看着窗外不要回头。"

星期六的银座年轻人很多,每个人都穿得很时尚。虽然穿长裙或中短裙的女人很是显眼,但这么穿的人并不多,大多数女人都是超短裙配长筒皮靴。两人在靠近有乐町的H饭店吃过晚饭,就朝新桥走去,那里同样是人流如织。两人轻轻地握着对方的手指,谁也不认识他们,他们便更加愉快和大胆起来。

有津问佐衣子:"我想给你买个礼物,你看买什么好?"

"我什么都不要。"

"当然,太贵的我也买不起,但是买个两三万日元的礼品是没问题的。"

"我真的什么都不想要。"

"早就想给你买的。告诉我你要什么。"

"你有这份心意,我就很高兴了。"

"不要净说些客套话。"

"我说的是真心话。我们能这样待在一起,我已经满足了。这也是客套吗?"

"无论如何,因为我说出了口,所以一定要买。"

"我不需要。你可以给其他人买。"

"不要说这种废话。"

"不,你也可以给泥炭买。"

"泥炭?"

"是的,它是你最重要的人。"

"泥炭不是人,所以它什么都不需要。"

"我也是。"

"我是认真的。"

"被雪覆盖的泥炭,在翘首期盼着你吧?"

"赶快定下来吧。"

佐衣子停住脚步说:"我决定了。"

"想要什么?"

"泥炭要什么,我就要什么。"

"你又开始胡说了。"

"你才胡说呢。"

佐衣子转身抽出被有津握着的手,朝前走去。

向右一拐,就到了酒吧街。平时这条街上有许多喝醉酒的客人和女招待。沿这条路走到头,右侧拐角的地方有家饭店,饭店不大,有津曾在这里住过一次,他把佐衣子带到了负一楼的酒吧。

有津点了威士忌后,忽然说:"你真是个没有欲望的人。我们好不容易一起来趟东京,想给你买点什么做个纪念,可是你……"

"即使什么都不要你买,我也照样不会忘记的。"

"那我就自作主张了。"

"说实话,我害怕你买东西。"

"害怕?"

"如果我要了你买的东西,也许我们的关系就到此为止了。"

"不至于吧?"

两人从酒吧出来,拦了辆出租车。车过了赤坂见附[①]后向左拐,周围一下子暗了下来,有津看着车外茂密的树木,意识到两人马上又要分离了。

第二天早晨,天气暖和得像春天一样。两人十点钟醒来,吃了些简

---

① 赤坂见附:东京都千代田区纪尾井町、平河町的地名。

单的食物。

有津说:"春天已经到了。"

"照今天这样的天气,百花园的梅花说不定要开了。"

佐衣子边喝咖啡边往窗外看。外面有的人已经脱掉了棉衣。

十一点,两人回到房间整理行李,然后离开了饭店。飞机三点半才起飞,去机场的途中,有津转到银座的商店,带着佐衣子走到卖女性装饰品的柜台。

"买昨晚说的那个手提包,怎么样?"

"真的不用买。"

有津生气地说:"你如果不发表意见,那我就自作主张了。"

两人在卖和服专用包的柜台前停了下来。

有津指着柜台里的一个佐贺锦的手提包问佐衣子:

"这个怎么样?"

"这么高级的包……"

"先不说高级不高级,你觉得还可以,是吧?"

确认完佐衣子的看法后,有津立刻买下那个包。接过包好的手提包,佐衣子郑重地对有津鞠了个躬说:"谢谢您了!"

"我心里终于踏实了。"

有津开心地笑着,离开了柜台。

他们到达机场时已经两点五十了。办完登机手续回到大厅时,他们看到显示屏上有"札幌地区·雪"这么一行字。

"札幌下雪了,说不定飞机会晚点。"佐衣子提着旅行包,看着窗外的太阳说,"东京这么晴朗,真是想不到。"

稍微有些西斜的太阳把一切都照得亮堂堂的。

距上次来东京已经一年了。

有津再次体会到这一年的时光有多长。

下午五点,飞机到达千岁机场。拿到行李后,两人迅速坐进出租车。车离札幌越来越近,雪也越下越大。才离开札幌四天,却像一次长期旅行似的,回来后很是新鲜,两人都看着窗外,几乎没有开口说话。札幌的街道在雪的辉映下,越发显得流光溢彩。

有津问佐衣子:"你直接回家吗?"

"嗯。"

佐衣子的语气有些生硬,完全没有了在东京时的温柔。沿南一条大街往西,佐衣子在后参道附近下了车,这是两人重复多次的分别方式。

"那我们下次见!"

"谢谢你的礼物!"

"那件事以后再说吧。"

"……"

"我想,我们再一起仔细考虑一下。"

佐衣子看了看有津,然后屈身下了出租车。

"再见!"

佐衣子在车外对有津鞠了个躬,然后提着旅行包朝前走去。

有津对司机说:"去宫之森。"

看着夜色中纷纷飘落的雪,有津有种难以形容的疲劳感。

二十三

三月初的一天,下了一场罕见的大雪。那天还刮着北风,风吹起的雪把佐衣子家门口的路都堵住了。佐衣子的弟弟和纪彦出去铲除了积雪。不过,人们清楚,三月的雪只是冬天最后的挣扎。

这天下午,佐衣子乘出租车离开了家。车驶过九条西线,佐衣子就在那里下了车,然后又往东走去。在这样一个平常的日子里,下午的大街上行人稀少。过了一条小巷,再往前走一段路,拐角处有一个医院,门前挂着的牌子上写着"K妇科"。佐衣子在那里停住脚步,往四周看了看。

一个帽子几乎把耳朵盖起来的男子和她擦身而过,一个穿着毛衣的女子跑进前方十几米远的水果店。虽然远处也有人影,但由于下雪,她看不清楚。观察完毕后,佐衣子推开了医院的大门。

选择这个医院,并没有什么特殊的理由,无非是和有津从饭店回去时曾路过这里,对这个医院还有些印象。只要是离家远一些的、人少的医院,对她而言都可以。

候诊室里有一个年轻女性,当叫到她的名字时,那个女人从挂号处取了药很快就离开了。佐衣子说了自己的姓名,告诉护士来这里的原因。

医生是个高个子,戴着眼镜,言谈很稳重。佐衣子脱去裤子,躺到诊疗台上。她闭着眼睛,满脑子想的都是有津。

诊断结束后,佐衣子扎好腰带,坐到椅子上。医生告诉她:"刚刚三个月。"

佐衣子点了点头。她想确认一下,看自己的判断是否准确。

"照这样来看,预计十月初生孩子。"

"十月……"佐衣子小声地重复着医生的话。

"打算把孩子生下来吗?"

"让我考虑一下吧。"

医生面无表情地点了点头。

缴完费,佐衣子逃跑似的离开了医院。周围依然没有行人。棉花团似的雪还在下。佐衣子想起了有津听说她怀孕时那有些痛苦的表情。

到了三月下旬,阳光已变得温暖。院子里的雪开始融化,屋檐上的残雪也好像在一点点往下移动。虽然雪移动的声音听不太清楚,但的确有声音,也许这声音是在告诉人们,房梁的负担减轻了。

佐衣子坐在房间里,听着屋顶上雪移动的声音,那是春天来临的象征。她手里织着毛线,心里却感知着雪的动静。她织的是一个红色的线球,春天即将来临,此时织毛线球有些不合时宜,但她就是想织,因为唯有在织毛线球时,她才会想象未来。

自己要生一个漂亮的、可爱的、长得像有津的孩子。

佐衣子边织边想象着。唯有这时,佐衣子才会沉浸在温柔、平静之中。

的确在动……

在动的,不仅是春日照射下的积雪,也许佐衣子把胎儿的转动错以为是雪在动了。春天将至,对胎儿长大的期待,使佐衣子总感觉有东西在动,并错以为是雪在动。怀孕让佐衣子对周围的一切都变得敏感。她每织两行线球,就加一个花纹。突然拉门被打开,佐衣子的想象也被打断了。

"你不冷吗?"母亲抱着胳膊,从外面走进来。

"有太阳,感觉很舒服。"

"在织什么?"

佐衣子停住手,拽了拽织好的部分说:"没想好要织什么,就是打发时间而已。"

"是给你自己织的吗?"

"我也不清楚。"

"有没想好用途就织毛线的人吗?"

"也可以用在毛衣上的。"

佐衣子担心母亲看出她的意图。

母亲打开赏雪窗,看着被太阳照得很亮的外走廊说:"天气真不错。"

佐衣子放下手中的毛线,起身问母亲:"午饭吃什么?"

"我想,咱们要不吃荞麦面条?"

"那我去买吧。"

"不用去买,家里有。"母亲转过身来,对佐衣子说,"上次那件事,下周可以吧?"

"下周?"

"是的,因为对方希望下周见面。"

"我好像说过再等等的。"

"每次都说等等,能一直这样等下去吗?"

"可是……"

"你不是说从东京回来就见面吗?你回来已经半个多月了。"

雪慢慢消融,而松树的枝条则越来越坚韧了。

"总之,下星期天见面。就这么定了。"

"我现在还不想……"

"不是说了吗?并不是正式的相亲,只是见见面。到了那天,让纪彦也一起去吧。"

"……"

"并不是妈妈硬要你去见他,一月的时候你不是说见见人家也可以吗?所以我才动员你去见人家的,你当时是不是在撒谎?"

佐衣子并不是在撒谎。当时,她的确认为见见也可以。但现在情况有了些变化,她想再等一段时间。是把肚子里的孩子打掉,还是把孩子生下来,在这个问题解决之前,她根本没有心情去见那个男人。现在去见那个男人,是对那个男人的不尊重,也是对自己的一种背叛。无论当时,还是现在,佐衣子的想法都是真实的,只是她的想法一直在变罢了。

母亲用少有的坚决态度说:"我这是为你好。那就定下来星期天见面了。"

说罢,母亲离开了房间。

夜晚,雪在融化。佐衣子跟在有津身后,沿河堤走着。有津沉重地说:"无论如何,我都想要这个孩子。"

佐衣子从东京回来后,每次见面有津都说这句话,她已经听了无数遍。

"孩子身上有我对你的全部爱情。"

"……"

"这次和上次不一样。"

"上次?"

"不……"有津停住脚步,立刻改口说,"我是说我这次是认真的。"

佐衣子点点头。

接着,有津又说:"这孩子是我们爱的结晶。"

对这一点,佐衣子从来就没有怀疑过。

有津再次痛苦地说:"我们如此相爱,可是……"

"并不是要让你勉强同意把孩子生下来。不行的话,你就明确告诉我不行。"

"……"

"你怎么说,我就怎么做。"佐衣子异常地坚强和直率。

"我真的很爱你。"

"这我很清楚。"

"如果有可能,我不想失去这个孩子。"

听了这句话,佐衣子抬头看着有津,问他:"你的意思是说孩子不能生下来吧?"

有津躲避似的把目光转向了河面。佐衣子接着说:"我知道这事儿你觉得勉强。"

怀了有津的孩子,又没有信心去说服自己的父母,却一味迫使有津单方面做出决断。从这个角度上看,可以说佐衣子很任性。

"既然想把孩子生下来,那就得负责到底。"

"……"

"首先,我就要和妻子离婚。"

"不至于……"

"否则,周围的风言风语只会让你痛苦。"

佐衣子重新燃起眼看就要放弃的希望,心想,只要你说句话,我可以把孩子生下来。

她对有津说:"我无所谓。"

"你不能那样做。"

"我不后悔。"

"等等!"有津突然转过身来,抓住佐衣子的两只胳膊说,"请你听我说。"

"……"

"这次,就这一次……"夜色中,有津激动地说,"请你放弃这个念头。"

佐衣子顿时浑身瘫软。虽然她知道结果会是这样,但在有津说出这话之前,她还是抱有一线希望。正是这一线希望让她坚持到了现在。

"下次你如果怀了孩子,我一定……"

夜色下,河水哗哗地流淌。佐衣子想象着自己的身体被河水冲走的情形。

"请你理解我的心情。"有津松开抓着佐衣子胳膊的双手,朝前走去。

仔细想来，这是个很平常的结果。佐衣子一开始就知道会是这样的结果，只不过绕了一个大圈子，最后又回到了原来的地方。

"孩子快四个月了吧？"

"……"

"要堕胎的话，还是尽早为好。"

佐衣子没有说话。沉默，是佐衣子最后的反抗。有津对她说："我大学时的一个学长经营着一家妇科医院，有次在球藻你见过他。"

路边有个雪块。佐衣子绕了过去，只有在有雪块的地方，才能感觉到冬天的存在。

"那家医院在藻南公园附近，技术上没有问题。只要你同意，我来和他联系。"

"我不去。"佐衣子的口气很坚决。

"那是不是要去你上次去过的那家医院？"

"不。"

"是更大些的医院？"

"还没定下来去哪家医院。"

"那就去我说的那家吧。"

"你不用操心了。"

"可是……"

"医院，我自己找。"

有津悄悄看了看佐衣子的脸色。在南风的吹拂下，佐衣子的头发在微微飘动。他问佐衣子："什么时候去医院？"

"我不知道。"

"现在去的话，一天就可以了，不需要住院。"

"……"

"我听说，过了四个月，就需要一到两天，必须住院。你没把这件事告诉你母亲吧？"

佐衣子一直看着前方。前方有座桥，桥上灯火通明。

"一旦确定了医院和手术的日子,告诉我一声。"

"……"

"告诉我,好不好?"

佐衣子摇摇头。

"做手术时,我会在医院等你,所以……"

"别问我!我不知道。"

"为什么?"

悲伤突然一下子涌上佐衣子的心头。她发现桥上的灯光变大了,变成好多个重叠起来的、发着光的气球,那些气球仿佛在慢慢朝天上飘去。佐衣子紧紧地贴在有津身上,泪如泉涌,愈加悲伤。

有津搂着痛哭流涕的佐衣子,仰头看着天空。在南风的吹拂下,云在流动。风带来了南方大海的温度,北国的春天快要到了。有津想起家里的妻子和孩子,虽然妻子最近对自己有些冷淡,但她并没有什么大的缺点,倒是有津有不对的地方。和佐衣子幽会,既不是因为妻子不贞,也不是因为她在教育孩子上有疏漏,冷静地想一想,实在没理由和妻子离婚。

这都是因为我的自私。

有津多次考虑过这些问题,可他始终没有抛妻弃子的勇气。

要和佐衣子一起生活的话,他就要离开妻子,离开孩子,对周围的人解释清楚,求得他们的理解,然后和佐衣子组成一个新的家庭。那样一个过程,有太多烦琐的事情,想想就觉得遥远而漫长。

抛弃过去的一切,从头开始。

自己有那种气魄和信心吗?

夜色中,有津的激情在燃烧,但又被理智熄灭,最后心灰意冷地回了家。

二十四

四月的第一天,又下起了雪。雪很快就融化得一干二净,街道再次露出它本来的面貌。性急的人脱去大衣,换上了春装。

佐衣子动了去标津原野看看的念头,也没有什么特别的理由,无非是在春风的吹拂下,有些兴奋而已。一旦有了这个念头,就抛舍不下了,这渐渐成了佐衣子心里的一个负担。

突然提出要去钏路的最北边,她的母亲感到意外和困惑。

佐衣子告诉母亲:"没什么特别的理由,就是想清清静静地去旅行两三天。"

"那你答应回来后就考虑结婚的事?"

佐衣子点了点头,她想说"也许吧",可话到嘴边又咽了回去。

从札幌乘飞机去钏路需要四十分钟,从那里换乘火车去标津需两个小时。铁路两旁是大片的原野,坐在火车上的佐衣子可以看到远处低矮的丘陵。

原野上到处是褐色的草,偶尔还能看到一些零星的残雪。由于这里是湿地,所以原野上布满了大大小小的沼泽,在阳光的照射下,沼泽里的水显得很清澈。春天还没有正式来到这里。

小杉夫妇开车到标津来接佐衣子。小杉亮子对她说:"突然听说你要来,吓了我一跳。没想到你会来。出什么事了?"

"也没什么特别的理由。"

她原本打算见了朋友,把一切都告诉她,可是见了面,又觉得花那么长时间说自己的事情有些不妥。

"今天我休息一下,明天就回去。"

"好不容易来一趟,这么急着回去干什么!"

"不能久留的,纪彦还在家里。"

"纪彦长大了吧?"

"是,长高了不少。"

"我丈夫常说,让你这样一个美人单身,太可惜了。"

看样子小杉家是这一带数一数二的富裕人家,砖瓦房看上去建得很结实,屋里还建有壁炉。

"总之,明天去哪儿玩玩吧。要是星期天,我丈夫可以带你去,不巧的是,他明天要去开会。"

"没关系,我一个人转转就行了。"

"我带一辆车和一个驾驶员去,我们可以去野付半岛那边的杉树林看看。"

"我只想去一个地方。"

"什么地方?"

"川北的原野。"

"川北……那里是泥炭地。"

"我知道,去那儿看看就行了。"

"要是去那里的话,要不了三十分钟就到了。怎么想去那个地方?"

"就是突然想去看看。"佐衣子只能这么说。

第二天,天气晴好。十点钟,佐衣子坐车去了川北原野。驾驶员不可思议地问她:"您只到泥炭地?"

"嗯,那里能随便进去吗?"

"无所谓随便不随便,因为那里是很平常的野地。"

"大学的老师们不是会来考察吗？"

"好像秋天会有人来考察，他们是大学的老师？"

"哦，我也不太清楚。"

路两旁是成片的虾夷松，还可以看到白桦树，再往前走，两旁又变成了灌木丛。车里开着空调，温度宜人，坐在温暖的车里，佐衣子几乎忘记了外边有多冷。

"咱们从这儿进去吧。"驾驶员踩下刹车，把车停在路边。两旁已经没有了灌木丛，路中间有一条平缓的坡路通往荒地，旁边有一块两米见方的木牌子，上面写着"开发厅草地改良事业川北泥炭地"。

驾驶员回头看了看脚穿草履的佐衣子说："土很湿，请小心。"荒地里有两条像是拖拉机的辙，辙的右边有三条笔直的长长的土沟。

驾驶员告诉她："那是去年动工修的排水沟。"

佐衣子沿着排水沟一直往前走，发现排水沟的尽头是一个土堆。

"您不冷吗？"

被驾驶员这么一问，佐衣子才突然意识到冷，她把大衣的领子往上拉了拉。

"那个看得到积雪的山就是阿寒山。要是天气再好些，应该还能看到阿寒山那边的知床山。"驾驶员介绍道。

荒野上空的云把知床山藏了起来。

"这里除了望不到边的荒野，什么都没有。"

听了驾驶员的话，佐衣子点了点头，继续往前走去。

他曾在这里想过我。

她站在荒野上，任凭寒风肆虐。她觉得被寒风吹一吹，所有的迷惑就都会消失。她呼唤着风，想让风尽情地踩躏自己。

这土……

佐衣子蹲下身子，摸了摸脚下的土。土硬硬的，从表面上看土是干燥的，实际上土里结着冰。

被不毛之地吸引着的男人，以及爱上那种男人的女人，都很可笑。

佐衣子扔掉手里的土,她觉得站在这里就像和有津在一起。待在这样的荒野里,时间仿佛也静止了。

　　在路边抽着香烟的驾驶员说:"咱们是不是可以动身回去了?"

　　"好。"

　　驾驶员起身往汽车那里走去。看到驾驶员走远了,佐衣子从包里掏出没织完的毛线球,又看了一下四周,确认没有其他人后,把它塞进了冻土的裂缝里。

　　再也不会来这里了。

　　佐衣子站起身。一望无际的荒野灰蒙蒙的,天空中的太阳兀自发着红光。在没有一点生命迹象的荒野上,唯有太阳的红色显示出生命的存在。

　　"再见!"说罢,佐衣子像拿定了主意似的,转身朝汽车走去。

二十五

夜里,佐衣子做了个梦,梦见黑色的鸟在追她,醒来已经早晨七点了。

外面传来鸟叫声,隔扇上的树影在摇曳。昨晚开始的呕吐已经止住了,但她仍浑身无力。她闭着眼睛抚摸着腹部,下腹部的确鼓了起来,她的乳头颜色也变深了。

发现母亲已经起床后,她才懒洋洋地起了床。枕边放着昨晚准备好的内衣。她穿上贴身衣裤,又穿上淡蓝色的长衬裙。九点,佐衣子穿上披风,跟母亲说要去朋友家,就出了门。

和上次来时一样,医院门前依然是行人稀少。路上已经没有了积雪。佐衣子看了看四周,又看看手表,刚刚九点十分。考虑了一下后,她就朝医院斜对面的杂货店门前的公用电话走去。

"喂!"

"我是北海道大学植物园。"

听到对方的声音,佐衣子把听筒挪到嘴边:"我想请有津老师接电话。"

"您找有津老师?请您稍等。"

电话里暂时没有了声音。昨晚被露水打湿的马路,在阳光的照射下,显得很亮。

"有津老师还没来上班。"

"是吗？"

"您有什么事，我可以转告他。请问您是哪位？"

"不，不用了。谢谢！"佐衣子立刻挂断了电话。

有津果然还没去上班。打电话前，佐衣子就猜到他可能不在。有津通常是九点半之后去上班，冬季闭园期间，他上班更晚。即便如此，佐衣子还是想给他打个电话。

他倒是悠闲得很。

佐衣子有些生气。手术九点半开始，她专门选了这样一个时间。她想早早做完手术，在病房里休息到傍晚，晚上就可以若无其事地回家，这一切都是她和医生商量好的。

明天告诉他也可以。

佐衣子原本打算做完手术再告诉有津，但她现在又觉得还是应该告诉他。马上要做手术了，还没见到有津，她有些着急和不安。

她到医院时，刚九点十五分。接待室里空无一人，挂号处的护士还没换好工作服。

佐衣子告诉护士："我姓尾高，约了今天来做手术的……"

尾高是佐衣子父母家的姓。

"请您稍等。"

圆脸庞的护士转身朝里面走去。接待室里又恢复了寂静。冬天取暖用的煤炉被移到了墙角。看到煤炉，佐衣子开始想象正在家里和妻子一起喝咖啡的有津。接待室的门开了，刚才那个护士走进来告诉佐衣子："正在做手术准备，请您再稍等一会儿。"

上次佐衣子来这里，这个护士站在医生旁边，拿着一个血压计。当时她穿的是一件普通的白大褂，这次她又多穿了一件防护服。

"您没有吃早饭吧？"

"是的。"

眉清目秀的护士用一种平常的口气对佐衣子说："那好。您是不是先去洗手间方便一下？"然后她就又走到里面的诊察室去了。佐衣子透过拉开的门帘,看到屋里的煮沸器正冒着热气。一想到那些正在煮着的器具可能要进入自己的身体,佐衣子就紧张起来。

护士看着佐衣子的病历问她:"您的联系地址就按照这上面写的,可以吧?"

"什么?"佐衣子不清楚护士问话的意图。

"并不是要和什么人联系,只是一般性地确认一下。"

"那上面是我家的地址。"

"因为,如果您是一个人住的话,万一有什么情况,不好联系。"

"这个……"佐衣子忽然想起一件不放心的事情来,她问护士,"是不是要麻醉?"

"是静脉麻醉。您在睡眠中手术就结束了,不用担心。"

"麻醉多长时间?"

护士安慰她道:"一个小时后就可以醒过来。"

说罢,护士关上了诊察室的门。佐衣子站在煤气炉旁边看了看医院大门。春天的阳光照在门口的台阶上。外面有阳光的温暖,而阳光照不到的接待室里却有些冰冷。

佐衣子想起了护士刚才的话。

万一,我死了……

那个眉清目秀的护士肯定会拿起电话告诉母亲,父母和纪彦慌忙来到医院,而有津却不知道。即使家家户户的人都知道自己死了,有津也不知道,这太凄凉了。

佐衣子走到挂号处,拿起红色的电话听筒。接待室墙上的钟显示的时间是九点半。

"喂!"植物园那头接电话的还是刚才那个女人。

"有津老师来了没有?"

"请您稍等。"

佐衣子又有点后悔不该打这个电话。

"喂!"

突然,听筒里传来了有津的声音。

佐衣子迫不及待地说:"我是佐衣子。"

有津抬高了嗓门儿:"怎么是你? 发生什么事了?"

"我,现在在医院。"

"医院?"

"对。"

"那……"

"我马上要做手术了。"

"你现在在哪里?"

"南九条……"佐衣子把医院的名字告诉了有津。

"你等着,我马上过去。"

"我马上就要上手术台了。"

有津在电话里大声喊道:"好。我马上就到。你千万在那里等我!"

"尾高小姐!"护士在喊她的名字。

佐衣子站起身看了看外面,朝诊察室走去。

刚好十点,有津乘出租车赶到医院。接待室里有一个女人,有津顾不得这些,问挂号处的护士说:"是不是有一个叫宗宫的病人在这里?"

护士看着放病历的架子说:"您是说宗宫小姐?"

有津定了定神说:"没有吗? 那……尾高佐衣子呢?"

"哦,要是尾高小姐的话,她刚刚进手术室了。"

"进了手术室……"有津抬头看了看,只见诊察室门口亮着一盏很小的红灯。

"手术是不是已经开始了?"

"对,刚刚开始。"

"手术需要多长时间?"

"请问,您是她什么人?"

"哦,我只是认识她。"有津这才注意到女护士和接待室里的女人都在注意着他,"她刚才打电话告诉我她要做手术。"

"手术半个小时左右就结束了,请您在那里等一下吧。"

有津手插在大衣口袋里,坐到椅子上。

是他反复考虑后,求佐衣子把孩子打掉的,这一切都是和佐衣子事先商量好的。

既然是商量好的,那为什么这个时候又如此紧张?

有津也说不清楚自己的想法。也许是由于佐衣子突然告诉他这个消息,所以他才感到慌乱,觉得狼狈吧。

做人工流产手术之前,自己应该见佐衣子一面。

他的狼狈,似乎与没能见佐衣子一面而感到懊悔也有关系。虽然见一面也不能改变做手术这一事实,但他觉得见和不见是不一样的。假如佐衣子来做手术时,自己能送送她,那么,佐衣子就会更安心地做手术。

一个女人,自己来医院做流产手术。整个过程,都凭她一个人的决断,也太悲惨了。但这其实也是佐衣子的坚强,她要通过这种方式告诉有津,自己并不需要依靠他。这种冷淡,让有津感到可怕。

挂号处的护士探出头来喊道:"佐野女士!"等在那里的女人站起身接过药袋,付了钱,脱下拖鞋,换上浅口皮鞋,走了出去。

单层的玻璃门顿时晃动起来,透进来的阳光也跟着晃动起来。有津看到门外的马路上有东西在晃动,那东西像光波,又像地面升腾起的热气。

他觉得那个东西是白色的。这种感觉,既没有根据,也和周围的情况没任何联系,但他确实看到了某种白色。那种白色冷冷的,令人难以捉摸,像光线一样,和周围的空气融合在一起,没了踪影。

有津突然想起从佐衣子身体里剥离出的胎儿来。那个孩子本来是一个有血有肉的生命,但有津觉得那孩子与其说是鲜红的生命,倒不如说是个白色的空幻之物。无数次的爱,山盟海誓后的肉体结合的产物,最后得到的却是空幻。

这一年都干了些什么?

有津觉得好像这一年发生的所有的事,都是为了在这样一个透着寒气的接待室里,想象着那个从女人身体里剥离出来的胎儿。他发现,自己为了爱所做的一切,就像白昼的光线一样,互相重叠,又互相抵消,最后变成空幻的白色而消失。

　　手术后一个小时,佐衣子才从麻醉中醒来。当她的视线由模糊变得清楚,能够看清物体的轮廓和颜色时,她发现眼前是有津那张俯视着她的脸。

　　"你醒过来了?"有津把手伸到被子里,握住佐衣子瘦小的手说,"手术结束了。"

　　佐衣子用眷恋的眼神看着他的脸。这张她曾经凝视过无数次的脸,仍让她百看不厌。

　　护士帮她掖了掖被子,说道:"再过一个小时,麻药的药效才能完全消除。再休息一会儿吧。"

　　"我今天能回家吗?"

　　"能回家的。不过,最好在这里休息到傍晚。胎儿四个月了,已经相当大了。"护士后面的话里多少带有一些责备的口气,"虽说是流产,但伤害还是很大的。"

　　佐衣子闭上眼睛睡了。

　　有津问护士:"以后没什么问题了吧?"

　　"没什么问题了。不过,注意两周内不能干重活。"

　　"胎儿……"有津话到嘴边又犹豫起来,他也知道问了也没什么实际意义,但他还是憋不住想问,"是男孩,还是女孩?"

　　"这个……"护士微微摇了摇头说,"不太清楚。"

　　有津看了一眼护士,点了点头。他想,无论清楚还是不清楚,护士都不会告诉他的。

　　护士告诉有津:"我在门诊接待处,有什么问题请联系我。"

　　"对不起,我想出去打个电话。"

　　"那么,我在这里看着病人。您先去吧。"

"对不起了!"有津对护士点了点头,离开房间下到一楼。

接待室里,和有津刚来时的情形不同,现在有四个病人等在那里。四个病人全是女性,这让有津有些不知所措。他眼睛看着别处,从她们面前走过。

他拿起电话拨给植物园,接线员找来了志贺。

有津问志贺:"单位没什么事吧?"

"没什么事。川北泥炭,是不是把磷酸吸收系数、置换容量和中和石灰量这些数据测出来就行了?"

"还有氢离子浓度负对数值。"

"哦,氢离子浓度负对数值已经出来了。置换容量包括有机物和无机物两个方面吧?"

"对。"

"萨老白茨的泥炭数据已经全部弄好了。川北的因为部分泥炭藓和蓑衣草的样品破碎,工作稍微有些难度。"

"哦。"

"您看怎么办?是不是先尽量做?"

"就那么做吧。"有津敷衍地答道。

"您几点回来?"

有津看了看手表说:"再过一个小时左右吧。"

"刚才您夫人来电话了。"

"是从家里打来的吗?"

"是的。夫人说她要出去一下,让您回来了马上给她打电话。"

"那你是怎么跟她说的?"

"我说等您回来转告您。"

"就这些吗?"

"您现在在哪里?"

"我有些事,在医院。"

"发生什么事情了?"

"一个熟人在医院做手术。"

"那您辛苦了。"

"我知道了,那……回头见。"

"请您跟家里联系一下。"

志贺挂断了电话。停了一下,有津又开始拨家里的电话。电话里响了三声呼叫音后,传来了牧枝的声音。

有津非常不耐烦地问她:"有什么事?"

"你现在在哪里?"

"我有事在外面。什么事?"

"今天你刚出门,苑子就来了。"

"是从函馆来的吗?"

"对,妈妈也来了。"

"哦。"原来是这事,有津这才放下了悬着的心。

牧枝告诉他:"苑子说她还是想去大学读书,以后该怎么办,她想和你商量。"

"是吗?"

"所以,今天想请你早些回来。"

"今天?"

"对。因为妈妈明天就要回去,她在家等你呢。"

"这怎么办?"有津悄悄往四周看了看。

"想具体商量一下志贺和苑子的事儿。你不在不好办。"

"可是,这也不是说办就能办的。"

"我刚才问了志贺。他说你今晚应该没什么事情。"

有津轻轻咂了咂嘴。

"晚饭等你回家吃。"说罢,牧枝先挂断了电话。

佐衣子再次醒来时,床边已经没有了有津的身影。枕边的桌子上有个钟,她伸手拿过来看了看,已经下午两点了。

虽然意识已经恢复,但她觉得浑身就像灌了铅似的,腹部有种隐隐的疼痛感。住的病房好像是双人间,旁边还摆着一张床,不过床上没有人。

他去哪里了……

佐衣子还记得有津来看她。但是,时间和地点她记不太清楚了。她只模模糊糊地记得有津在她身旁。她又往周围看了看,发现墙壁、屏风、窗帘等都是白色的,自己一个人被白色包围着。

他是不是回家了……

正因为她记得有津在她身旁,所以现在她一个人就觉得格外孤单。

佐衣子再次把目光移向百叶窗帘,数起叶片来。当她从上往下数到第十二片时,门开了,进来一个护士。

"看样子您这次是真正醒过来了。还疼吗?"护士问她。

佐衣子稍微动了动身体,回答道:"稍微有些疼……"

"那是因为麻药的药效过去了。不过,休息到傍晚应该就没问题了。"

"请问……"佐衣子觉得有件事必须问护士。

"您想问什么事儿?"

"胎儿……"

"您应该忘掉那件事。"

护士拉开百叶窗帘,四月的阳光立刻充满了房间。

"天气很好。您饿不饿?"

"我不饿。"

"水在电热水壶里,您可以随时饮用。"

看着温暖的阳光,佐衣子想起那个被剥夺了生命的孩子。

"您丈夫半小时前回去了,他让您醒来时给他单位打电话。"

"您丈夫……"佐衣子小声重复着这个称呼。

虽然护士嘴上这样称呼,但她脸上明显带有怀疑的表情。

"打电话需要下楼梯,您最好回去时再打电话。"

护士指着枕头边的开关说:"您有什么事的话,请按这个按钮。我把百叶窗拉上吧。"

"不用了,就那样开着吧。"

护士看了看钟说:"离四点还有两个小时,您好好休息吧。"

护士转身离开了。门关上了,病房里又变得悄无声息。

什么都没留下。

窗外,万里晴空。留在她体内的只有剜肉般的痛感。但佐衣子既不后悔,也不悲伤。她不恨有津,也不恨自己。她不恨任何人。她只是明白一切都结束了。

佐衣子又朦朦胧胧地睡了两个小时,她梦见了又白又软的胎儿。待她再次醒来,已经是下午四点半了。护士帮她叫了辆出租车。她缓缓地走在医院的走廊上,尽管脸色仍有些苍白,但伤口已经不疼了。她径直朝医院大门走去。外面暖洋洋的,太阳快要落山了。

送她出来的护士提醒道:"后天请再来检查一下。"

二十六

又一个五月来临了。植物园的花坛里,红色郁金香开得正艳。北海道的五月,不像本州那样慢慢地进入春天,而是一下子就到了春天,给人的感觉特别强烈。路上的行人都舒展身体,大步地走着,充满了朝气。

然而,有津的心情却很沉重。一个月来,他多次给佐衣子家打电话。以前都是佐衣子接电话,而现在,却大多是佐衣子的母亲来接。对方问他是谁,他听出不是佐衣子的声音,就一言不发地挂断电话。即使偶尔佐衣子接了电话,对他也很冷淡。

"你一点时间都没有吗?"

"是的。"

"是不是身体不舒服?"

"不是。"

佐衣子的回答总是十分简短。从她的话语来看,她很冷淡,但有津能感觉到佐衣子那被压抑着的情感。

他问佐衣子:"怎么回事?是不是再也不见我了?你变心了吗?"

"不要说这样的话……"

"是不是你已经讨厌见我了?"

有津想确认一下,看佐衣子是否讨厌他。这样他也可以得到一个合理的解释。

"不是的。"

"不,是的。我只能这样理解。"

最后,佐衣子几乎是哀求似的说:"请你原谅。"

由于打电话时情绪激动,因此,一挂断电话,就觉得周围异常寂静。有津放下电话,看看电话亭四周。他忽然不安起来,担心路过的人听到他的话,但过往的行人似乎并不关心他打电话的内容。

有津离开电话亭。春风吹在脸上,很是惬意,马路两旁的树木已经披上了嫩绿的新装,街道也干干净净的。看着这些景色,有津心里清楚他和佐衣子的爱情正在慢慢地消失。

五月末的一天,有津给佐衣子打了最后一个电话。如果还不能和佐衣子见面,他也不得不死心了,但这只是有津内心的一个想法,能否做得到,他自己也没把握。事实上,上次、上上次打电话前,他都在心里说这是最后一次。然而,过几天他又拿起了电话。想到佐衣子要离他而去,有津就格外焦躁。

"真的是最后一面。无论你做什么决定,我都接受。我只想见你一面,听听你的真心话。"有津的要求已经降低到这个程度,"下周我就要去川北原野了。"

佐衣子脑海中浮现出那块荒野的景色来:"要去多久?"

"半个月,回来时得六月中旬了。"

"六月……"

突然,佐衣子涌起一阵悲伤。六月中旬,过了那一天就无法见有津了。从那天开始,佐衣子就不是佐衣子了。一直压在心底,忍受煎熬的情感一下子迸发了出来。

自己不会再见他了。

在病房里下定的决心瞬间崩溃了。打掉了胎儿,和有津就再无瓜葛了,佐衣子认为应该就这样和有津结束关系,并决心这样做。但当她听到"六月"时,原来的想法立刻就土崩瓦解了。

"只见一次。"

佐衣子说:"我也只再见你一次。"

"真的?"

只要佐衣子把心里话说出来,其他事情都好办。

傍晚的崎劳璐显得很混乱。刚刚结束工作的男女职员们拥到这里,几乎占满了所有的包厢。有津一进来马上就坐到了唯一空着的一个包厢里。

已经两个月没有来这里了。自从不再和佐衣子见面,他就没有来过这里,浅茶色的椅套和棱角分明的桌子,都让有津怀念,但他并不喜欢这里的拥挤。他忐忑不安地等着佐衣子,表面上却故作悠闲地看着报纸。当他几乎看完了所有版面时,佐衣子才出现。从四月中旬到现在,他们已经一个半月没有见面了。

佐衣子微微朝有津点点头说:"请原谅!"然后就坐到有津对面的椅子上。她今天穿了一身一越和服,扎了一条藏青色的腰带,手里拿着淡蓝色的披肩,看上去瘦了许多。

有津客气地说:"你能来太好了。"

近两个月不见,两人仿佛有些生疏。

佐衣子两手放在膝上,低垂着眼睛,既拘谨又胆怯。有津原本有许多话要说,但见了佐衣子之后,一句也说不出来了。

"咱们走吧。"

"不。"有津刚要拿着账单站起身,佐衣子就按住了他的手说,"今天我们就在这里见见面吧。"

"可是,这里太吵闹,静不下心来。"

佐衣子来这里,正是因为这里吵闹。如果去了一个安静的地方,她担心自己会把持不住。

"能见你一面,我就满足了。"

服务员端来咖啡,放在两人面前。

"你打算以后再也不见我了,是吗?"

"……"

"上次你住院时就下定决心了吧?"

佐衣子一言不发地看着咖啡杯。

"是这样吧?"

"是的。"

佐衣子的回答冷冰冰的。

"那样下去,同样的事情重复来重复去,什么结果也没有。你是这样想的吧?"

佐衣子没有回答。

"那你为什么……"

隔壁包厢里的客人站起身来。等他们走过去后,有津问佐衣子:

"为什么这么急着和我分手呢?"

"我……"佐衣子迟疑了一下,轻轻咬了咬嘴唇说,"我要结婚了。"

"结婚?"有津近似呻吟地说,"你,到底还是要……"

接着,他又问道:"什么时候结婚?"

"六月。"

"这么说,是我去川北期间了?"

一阵野地里的风从佐衣子心头刮过。

"那就是说从今以后就见不了面了?"

佐衣子点了点头,然后慌张地抬起头说:"我得回家了。"

"你等等!"

"我们在此告别吧。"

佐衣子站起身来。有津也起身追了出去。

傍晚的天空晚霞满天。两人走在林荫树下,都没有什么特别想说的话。分手已成定局,即便现在再说些什么,也改变不了现状。虽然两人都很清楚这点,但还是一起走着,也许是身体的欲望把他们拉到了一起吧。

"纪彦也同意了吗？"有津问。

佐衣子轻轻点了点头。有津轻轻叹了口气说，"可是，这真好笑。"

"你说什么？"

"无所谓时你接受了我。当我真正爱上你时，却不能把孩子生下来。"

"无所谓时？"

"哦，没什么。"有津不停地摇着头说，"再说那些事儿也没什么用了。"

一个牵着狗的老人走了过去。

"你要嫁到哪里？"

"请不要问我这个问题。"

有津告诉佐衣子："我妻子的妹妹也要出嫁了。"

"她嫁给谁？"

"嫁给一个名叫志贺的小伙子。你知道他的，不过，她喜欢的是另外一个人。"

忽然，佐衣子抬头看了一眼有津。

有津说："不是每对夫妇都是因为爱而生活在一起的，但形式上必须要结婚并生活在一起。"

两人接着往前走。

"真是不可思议。"

虽然有津话说得很含糊，但佐衣子隐隐约约明白他的意思。她也要牺牲自己的真爱而生活下去，这是她虚假的表面，但别人会认为这就是她真实的一面。

"情况通常都是这样。"

说罢，有津像是自嘲似的微微笑了起来。夕阳照到两人身上，在他们身后拉成长长的影子。佐衣子好像忽然闻到了紫丁香的花香，她环视四周，发现路边有几棵紫丁香树正开着花。

"我在这里和您告别了。"

夕阳中的紫丁香花，显得越发紫了。两人驻足欣赏了一会儿。

"那么,我们再见吧。"

"再见!"

佐衣子最后看了一眼有津,很快就移开自己的视线,转身往前走去。她白色的背影,像紫丁香花一样时隐时现,越来越远,最后消失在拐角处。有津轻轻摇摇头,转身慢慢朝相反的方向走去。

黄昏将近,紫丁香树下已经有了一股淡淡的寒意。

图书在版编目（CIP）数据

紫丁香冷的街道/（日）渡边淳一著；赵宜民译.
— 青岛：青岛出版社，2018.11
ISBN 978-7-5552-7702-6

Ⅰ.①紫… Ⅱ.①渡… ②赵… Ⅲ.①长篇小说–日本–现代 Ⅳ.① I313.45

中国版本图书馆 CIP 数据核字（2018）第 229416 号

リラ冷えの街 by 渡辺淳一
Copyrights：©1971 by 渡辺淳一
This edition arranged through OH INTERNATIONAL CO. LTD.
Simplified Chinese edition copyrights：©2018 by Qingdao
Publishing House Co., Ltd.
All rights reserved.
简体中文版通过渡边淳一继承人经由 OH INTERNATIONAL 株式会社授权出版

山东省版权局著作权合同登记号 图字：15-2017-237 号

书　　　名	紫丁香冷的街道
著　　　者	（日）渡边淳一
译　　　者	赵宜民
出版发行	青岛出版社
社　　　址	青岛市海尔路 182 号（266061）
本社网址	http://www.qdpub.com
邮购电话	13335059110　（0532）68068026
策　　　划	刘　咏　杨成舜
责任编辑	刘　迅
封面设计	末末美书
封面插图	墨木子瑶
照　　　排	青岛双星华信印刷有限公司
印　　　刷	青岛双星华信印刷有限公司
出版日期	2018 年 11 月第 1 版　2018 年 11 月第 1 次印刷
开　　　本	大 32 开（890mm×1240mm）
印　　　张	8.5
字　　　数	220 千
印　　　数	1–10000
书　　　号	ISBN 978-7-5552-7702-6
定　　　价	39.00 元

编校印装质量、盗版监督服务电话　4006532017　0532-68068638
本书建议陈列类别：日本　畅销　小说